THOMAS LETOCHA

Oma Else startet durch

GOLDMANN
Lesen erleben

Buch

Mein Gott, wo soll ich anfangen? Vor einem Jahr bin ich mit Mario – einem wunderbaren Freund, aber nicht mehr – in den Süden gezogen. Wir beide haben am Meer eine tolle Zeit verbracht. Doch dann bekam Mario einen Brief von seiner Noch-Ehefrau. Nach der Lektüre wirkte mein lieber Mario verändert, und schon bald offenbarte er mir, dass er nach Hause wolle. So fuhr er weg, und ich blieb zurück. Wie es weitergehen sollte, wusste ich nicht. Und was ich auch nicht wusste, war, dass bald nach Marios Weggang plötzlich wieder neue Abenteuer mein Leben durcheinanderwirbeln sollten. Alles begann an dem Tag, als plötzlich Marios Freund Hardy im Flur stand. Hardy sollte auf Wunsch Marios dessen Hab und Gut nach Deutschland transportieren. Ich musste mir eingestehen, dass ich das Leben im Süden nach Marios Abreise nicht mehr so genossen habe. Sollte das also ein Zeichen für mich sein, nach Hause zurückzukehren? Nach einem Tag Grübeln hatte ich einen Entschluss gefasst. Hardy und ich packten nicht nur Marios wichtigste Dinge, sondern auch meine persönlichen Sachen in unseren alten VW-Bus. Und ich fügte mich in das Schicksal, frühmorgens mit dem bärtigen und frechen Hardy eine lange Fahrt quer über die Alpen anzutreten. Wie hätte ich ahnen können, dass diese turbulente Fahrt für mich eine Fahrt ins Glück werden sollte?

Informationen zu Thomas Letocha
und weiteren Titeln des Autors finden Sie am Ende des Buches.

Thomas Letocha

Oma Else startet durch

Roman

GOLDMANN

Dieses Buch ist auch als E-Book erhältlich.

MIX
Papier aus verantwortungsvollen Quellen
FSC® C014496

Verlagsgruppe Random House FSC® N001967
Das FSC®-zertifizierte Papier *Holmen Book Cream* für dieses Buch
liefert Holmen Paper, Hallstavik, Schweden.

1. Auflage
Originalausgabe Januar 2015

Gestaltung des Umschlags: UNO Werbeagentur München
Umschlagfoto: © Rudi Hurzlmeier
Redaktion: Martina Czekalla
BH · Herstellung: Str.
Satz: omnisatz GmbH, Berlin
Druck und Bindung: GGP Media GmbH, Pößneck
Printed in Germany
ISBN: 978-3-442-48110-1
www.goldmann-verlag.de

Besuchen Sie den Goldmann Verlag im Netz:

Im Augenblick

Im Augenblick harre ich in völliger Dunkelheit aus und wage nicht, auch nur einen Schritt vor- oder zurückzugehen. Wer weiß, worauf ich sonst noch trete, ob sich meine Füße in irgendwas verheddern oder mein Gesicht in einer Spinnwebe hängen bleibt? Eben war es noch einigermaßen hell hier drinnen, wenigstens schummrig. Ein schmaler Lichtstrahl hat durch einen Türspalt hindurch den Kellerraum ein bisschen aufgehellt, aber dann ist die Tür mit einem tiefen Knurren ins Schloss gefallen. Und jetzt ist es stockdunkel. Ich versuche, mich zu konzentrieren, meinen Blick zu fokussieren, um irgendetwas schemenhaft erkennen zu können. Doch leider haben meine alten Augen eher die Qualität einer Blindschleiche denn die eines Luchses. Ganz vorsichtig setze ich einen Fuß vor, hebe ihn dabei aber nicht an, sondern schiebe ihn vielmehr, wie eine Eisläuferin, am Boden gleitend nach vorne. Gleichzeitig wedele ich mit der rechten Hand in der Luft vor mir herum. Nicht, dass ich doch noch irgendwo mit meinem Kopf anpralle; in diesem Keller kenne ich mich nicht aus: Ich habe in diesem Raum, in diesem Keller, eigentlich nichts verloren. Ich bin hier sozusagen eingebrochen. Das ist nicht mein Häuschen, nicht mein Keller. Mir ist kalt, und ich friere, nicht nur, weil ich Angst habe. Ein eisiger Winterwind pfeift durch die Ritzen in der Holzwand.

Mein Gott, Else, wie hast du das nur wieder hingekriegt?

In meinem fortgeschrittenen Alter sollte man sich darauf konzentrieren, beim Essen nicht die Zähne zu verlieren, oder etwa darauf, einen Bus zu erklimmen – ohne auf den steilen Einstiegsstufen nach hinten zu kippen. Aber was mache ich? Ich muss hier rumschleichen, um schließlich durch eine halb offene Kellertür in dieses Haus einzudringen und damit in der totalen Dunkelheit zu landen. Und das mit 81, fast 82 Jahren!

Mein Name ist Else Westermann. Ich weiß nicht, ob Sie sich an mich erinnern. Ich habe vor einiger Zeit ein dramatisches Dilemma mit einem Brief erlebt, den ich aus einem fremden Briefkasten … na ja … kurzfristig entliehen hatte.

Mist! Jetzt habe ich mit meinem rechten Fuß etwas auf dem Boden umgestoßen. Es könnte ein Blecheimer gewesen sein, aber nach dem vielstimmigen Lärmchaos zu urteilen war es eher eine Sammlung buddhistischer Klangschalen. Vor Schreck verharre ich regungslos in meiner jetzigen Position – wobei ich auf einem Bein stehen bleibe – und halte den Atem an. Ich wanke, aber ich falle nicht. Hat mich jemand gehört? Vielleicht Janis oder ihr Großvater? Bis gerade eben habe ich noch die Stimmen der beiden von irgendwoher entfernt aus dem Haus vernommen, dumpf und leise, nicht zu verstehen. Dennoch war ich von ihnen angelockt worden. Es war vor allem diese eine sonore, diese tiefe Stimme, dieses dazugehörige Lachen, das mich verwirrt und zugleich angezogen hatte. Ich wollte unbedingt das Gesicht zu dieser Stimme sehen. Ich glaube, nein, ich bin mir sicher, ich habe so einen schönen Klang schon einmal in einem Traum gehört. Genau diesen Klang!

Ich lausche in die Dunkelheit, aber ich höre jetzt nur noch … nichts. Stille. Mir wird leicht schwindlig. Vielleicht sollte ich besser wieder zu atmen anfangen. Ich hechle jetzt wie ein Mops nach einem Wettrennen, fasse einen Entschluss: Langsam, ganz langsam werde ich mich umdrehen und geradeaus den Weg zu der Kellertür zurückgehen. Es wäre doch gelacht, wenn ich hier nicht unbeschadet wieder herauskäme. Gerade als ich meinen Entschluss in die Tat umsetzen will, vernehme ich ein Geräusch. Es klingt so, als würde jemand ganz in der Nähe herumgehen. Wieder halte ich den Atem an, und dann höre ich es genauer: Dieses Geräusch sind wirklich Schritte. Schritte, die langsam, aber unaufhörlich näher kommen. Panik steigt in mir hoch. Meine Körpertemperatur erreicht binnen Sekunden gefühlt über vierzig Grad. Auf keinen Fall will ich entdeckt werden. Ich schließe die Augen. Mit geschlossenen Augen ist es genauso duster wie zuvor. Ogottogott! Man wird mich entdecken. Die Schritte, sie kommen näher und näher. Ich will weg von hier, halte zusätzlich die Hände vor meine fest zugekniffenen Augen. Jetzt sehe ich Bilder – bunte Bilder, aufregende, fröhliche und berührende.

All diese Bilder sind meine Erlebnisse. Nicht die meines ganzen Lebens, aber das, was ich die letzten Tage erlebt habe, läuft hier vor meinem inneren Auge ab. Alles ist zum Greifen nah.

Vor nicht mal einer Woche

Eins

Ich war schon immer davon überzeugt, dass man eine Haustür oder eine Wohnungstür besser zweimal abschließen und keinesfalls einfach nur zuziehen sollte. Was das betrifft, bin ich ziemlich besorgt – weiß ich doch, dass Einbrecher oder andere böse Menschen sonst viel zu einfach irgendwo eindringen könnten, sei es mithilfe einer Scheckkarte oder mit einem Schraubenzieher. Darüber hat man wahrlich genügend Berichte im Fernsehen gesehen oder auch in Zeitschriften gelesen.

Natürlich bin ich nicht so ängstlich wie Signora Scolari. Die alte Dame wohnt am anderen Ende unseres Dorfes, oberhalb einer kleinen Klippe, an der die weißen Felsen bis zum Meer abfallen. Mit »alt« meine ich, dass sie verglichen mit mir – vielleicht – noch nicht so viele Jahre auf dem Buckel hat, aber deutlich älter und gebrechlicher wirkt als ich. Das sagt zumindest Mario, und ich will ihm nur zu gerne glauben, nicht nur, weil es mir schmeichelt, sondern auch, weil ich selbst finde, dass er nicht so ganz Unrecht damit hat.

Nach dem Tode meines geliebten Mannes Robert ist Mario ein wirklich guter Freund für mich geworden. Mein bester Freund – nicht mehr. Wir sind kein Paar! Was will ich denn auch mit einem gerade mal sechzigjährigen Jungspund anfangen? Und was den lieben Mario und die holde Weiblichkeit angeht, so hat er sicherlich andere Interessen als ausgerechnet eine alte Frau. Zwar ist es nicht so, dass mein Dekolleté auch nur entfernt an die Haut eines gerupften polnischen Suppenhuhnes erinnerte, doch bin ich halt keine zwanzig mehr oder dreißig oder vierzig. Seit den abenteuerlichen Tagen vor einiger Zeit in meiner alten Heimatstadt verbindet Mario und mich eine wahre Freundschaft. Durch diesen manchmal etwas raubeinigen, aber immer herzlichen Brummbär habe ich wieder die Lust am Leben kennengelernt. Und vor allem habe ich wieder gelernt, jeden einzelnen Tag zu genießen.

Mario war seinerzeit zuerst alleine in den Süden gereist. Einige Zeit später kehrte er in die alte Heimat zurück, um mich nachzuholen. Dann erst haben wir uns gemeinsam auf den Weg gemacht, von unserer deutschen Großstadt bis hierher: mit dem Zug, dem Bus – einmal sind wir sogar ein Stück getrampt. Bis dahin war ich in meinem ganzen Leben noch nie getrampt, ich wusste nicht mal, ob ich den Daumen nach oben oder nach unten halten musste, um einen Wagen anzuhalten. Richtung Süden! Wir sind gefahren und gefahren, über Tausende von Kilometern, bis es nicht mehr weiterging und das Meer für uns eine unüberwindliche Grenze darstellte. Aber das alleine war es nicht: An diesem Ort hatten wir beide mit einem Mal das Gefühl, angekommen zu sein. Hier waren wir richtig, ganz unten am Mittelmeer, im Reich der wunderbaren Pasta und der frischen Fische, der Sonne und des Meeres, dort, wo man Afrika schon fast riechen kann.

Unser kleines Haus lag etwa drei Kilometer außerhalb des Dorfes, dessen Mittelpunkt von der weiß getünchten Kirche, daneben von einer winzigen Bar und dem Lebensmittelladen von Herrn Signori gebildet wurde. Das Häuschen hatte bis zu unserem Einzug leer gestanden – gewiss einige Monate, vielleicht sogar Jahre –, deshalb mussten wir umso mehr daran rumbasteln, vieles reparieren und manches auch richtig neu machen.

Aber zum Glück war und ist Mario ein genialer Handwerker, und ich lernte, dass man auch mit über achtzig Jahren noch auf Leitern steigen, Löcher in Holzrahmen bohren oder mit einem von der Feuerwehr geliehenen Schlauch den Dreck von den Fensterläden spritzen kann. Nach nur einem Monat war unser neues Zuhause schon fast so bezaubernd, wie wir es uns beim ersten Anblick ausgemalt hatten. Mario gelang es, einen Spediteur aus der nächsten Kleinstadt zu überreden, einige unserer Habseligkeiten aus der alten Heimat bei einer sowieso anstehenden Fahrt in den Süden mitzunehmen. Das kostete viel weniger, als wenn wir selber einen Umzugsservice beauftragt hätten. So zogen wir ein.

Besonders rührend war, dass etliche Dorfbewohner an dem Tag unseres Einzugs für uns beide ein spontanes Fest – eine Art Richt- und Begrüßungsfest in einem Aufwasch – veranstalteten, uns mit Salami, Pecorino, Orangen und jeder Menge Rot- und Weißwein »überfielen«. Schnell merkte ich da, dass mein so geliebter Gewürztraminer von anderen Rebsorten, wie etwa dem Trebbiano oder Verdeca, als Lieblingsweißwein abgelöst werden sollte. Wirklich viel getrunken habe ich allerdings in meinem ganzen Leben nie. Und das wollte ich auch hier, in unserer neuen Heimat Süditalien, weiterhin so halten. Denn schon ein einziges Glas Alkohol fährt mit meinem Blutdruck Schlitten, zuerst bis in den Keller, anschließend gleich wieder hinauf und in meinen Kopf, wo sich dann alles nur noch dreht – wie ein Kettenkarussell bei Hochbetrieb.

Dieses letzte halbe Jahr war einfach wunderbar. Natürlich habe ich oft an mein altes Leben gedacht, an meine Heimatstadt, an das Leben in der Großstadt, an meinen verstorbenen Mann Robert. Auch an meine beiden Freundinnen Marlene und Elisabeth, obwohl – oder weil – ich keinen Kontakt mehr zu den beiden habe. Wenn überhaupt, dann telefoniere ich nur hin und wieder mit dem Hausmeister Niedernberger, weil ich meine alte Wohnung an seine Tochter untervermietet habe. Teilmöbliert. Nachholen konnte und wollte ich nicht so viel an Möbelstücken. Für mich war unsere Fahrt in den tiefen Süden sowieso eine Abenteuerfahrt, zu der ich in all den Jahrzehnten meines Lebens davor nie den Mut aufgebracht hätte. Doch nach den Wirren um die fremden Briefe aus fremden Briefkästen war ich ein anderer Mensch geworden. Nicht völlig anders, ich sehe immer noch so aus wie früher – vielleicht einen Tick grauer, wenn das überhaupt geht. Aber ... ich traute mir nun plötzlich etwas zu. Ich habe dadurch gelernt, mich nicht länger zu verstecken.

Mario und ich sind in diesen letzten sechs Monaten eine echte Wohngemeinschaft geworden. In unserem Häuschen hat er sein eigenes Zimmer im ersten Stock, und ich hab meines im Erdgeschoss, damit ich nicht jeden Tag so viele Treppen steigen muss. Ich kümmere mich vor allem um die – leider eher kläglichen – Ernteergebnisse unseres Gemüse- und Kräutergartens, er schraubt und hämmert, sooft er kann. Gemietet haben wir unser neues Zuhause übrigens von der alten Dame, der Signora Scolari, die es ihrerseits von einer erst kürzlich mit 105 Jahren verstorbenen Tante geerbt hatte. Also, so alt will ich, glaube ich, nicht werden, aber hundert Jahre wären schon schön. Vor allem wenn das Leben so leicht und herrlich dahinfliegt wie ein Kranich auf seiner

Reise durch die Lüfte. Apropos Signora Scolari: Sie sperrt ihre Haustür nicht nur zweimal ab, sondern sie macht, wenn sie länger als einen Tag ihr Haus verlässt, mit einer kleinen Kamera ein Foto von der geschlossenen Haustür. Ein Foto, das sie sich unterwegs hin und wieder anschauen kann. So beruhigt sie sich und verscheucht aufkommende Gedanken, ob sie die Haustür überhaupt zugemacht hat.

Als ich an einem Abend vor etwa einer Woche nach Hause kam – es war schon dunkel, fast gegen Mitternacht –, war die Tür unseres Häuschens nicht verschlossen. Nicht einmal, geschweige denn zweimal. Was war das denn?! Ich musste das Abschließen beim Weggehen schlichtweg ganz vergessen haben. Allerdings kein Wunder, war ich doch seit einiger Zeit völlig durch den Wind: Vor etwa einem Monat gab es plötzlich eine dramatische Veränderung in meinem Leben. Alles hatte mit einem bestimmten Telefonat begonnen:

Mein Freund Mario, der zu seiner Ehefrau fast keinen Kontakt mehr hatte, nachdem er sie seinerzeit mit seinem besten Freund in flagranti erwischt hatte, war von seinem älteren Sohn angerufen worden. Ich weiß nicht, worum es in dem Telefonat ging. Denn ich wollte nicht indiskret sein und gab vor, an dem Zitronenbäumchen hinten am Zaun ein paar Blätter zupfen zu müssen. Natürlich war ich neugierig zu erfahren, warum der Sohn ausnahmsweise mal angerufen hatte. Aber Mario zeigte sich nach dem Telefonat ungewohnt mundfaul und ließ nichts raus. Jedenfalls nichts Wesentliches. Ich erfuhr nur, dass es irgendwie um seine beiden Söhne ging. Auch wenn diese fast erwachsen seien, so Mario, wäre es nicht gut, dass er so wenig Kontakt zu ihnen hätte. Ansonsten gab er sich stumm wie ein Karpfen. Das hatte ich von meiner dämlichen Diskretion. Klüger wäre gewesen, ich hätte mich ganz in seiner Nähe hinter einem Fensterladen versteckt und hätte ein bisschen gelauscht – statt in gehörigem Abstand Blätter von Zitronenbäumchen zu zupfen. Dann hätte ich gewusst, was los war.

In den Tagen nach dem Telefonat war Mario anders, nachdenklicher, und selbst wenn ich beim abendlichen Kartenspielen bewusst schummelte, schien er das nicht zu bemerken. Schließlich fragte ich ihn entschlossen und geradeheraus, was passiert sei. Er schaute mich lange an, wiegte seinen mächtigen Körper hin und her, nestelte an seiner geliebten Latzhose herum. Dann endlich rückte er damit heraus, was ihm auf dem Herzen lag: Auch wenn ihn seine Frau betrogen hatte, auch wenn er unser neues gemeinsames Leben hier im Süden über alles liebte, so müsste er doch mal wieder nach Hause fahren. Also in sein altes Zuhause. Nur zu einem Besuch. Er wolle einfach mal für eine Woche nach dem Rechten sehen. Für eine Woche müsste er mich wohl oder übel alleine lassen. Und zwar nicht irgendwann, sondern sofort!

An jenem Abend vor einer Woche, in jener Nacht, als ich offenbar vergessen hatte, die Haustür abzuschließen, war Mario allerdings schon seit drei Wochen nicht mehr bei mir. Er fehlte mir. Und auch wenn die anderen Dorfbewohner sich rührend um mich kümmerten, konnten sie Mario natürlich nicht ersetzen. Zudem: Wir hatten auch schon länger nicht mal mehr miteinander telefoniert. Mittlerweile ahnte ich nicht nur, ich *wusste*, dass mein Freund ein Geheimnis hatte. Allerdings hatte ich nicht die geringste Idee, um was für ein Geheimnis es sich handeln könnte. Mario war Tausende von Kilometern entfernt, weit weg hoch oben im Norden und ich hier unten am Mittelmeer. Hätte ich nur dieses Telefonat belauscht, dann wäre ich schlauer gewesen! Ja, ich weiß selbst, dass man keine fremden Telefonate belauscht, genauso wenig, wie man fremde Briefe liest oder lügt. Aber es gibt Ausnahmen. Zum Beispiel eine Notlüge. Sagen wir also, das wäre in diesem Falle so etwas wie ein Notlauschen gewesen.

Um auf andere Gedanken zu kommen, war ich an jenem Abend vor einer Woche die Küste zu einer kleinen Halbinsel mit dem schönen Namen Bellonica entlanggefahren. Mario und ich hatten dieses einsame Stück Natur von Anfang an ins Herz geschlossen. Vielleicht gerade deswegen, weil es dort so karg ist und das Land bis auf ein paar vertrocknete Büsche und ein paar Steinruinen nicht so viel zu bieten hat. Mindestens alle zwei Wochen sind wir regelmäßig dorthin gefahren. Immer einen Picknickkorb im Gepäck. Ich habe verschiedene Leckereien aus dem Laden von Herrn Signori in den Fahrradkorb gepackt und diesen fest umklammert auf dem Schoß gehalten. Vor mir Mario hinter dem Lenker unseres Mopeds. Ursprünglich hatten wir ein altes Motorrad mit Beiwagen besessen, aber der Motor explodierte eines Tages mit so viel Rauchentwicklung, dass fast die Feuerwehr angerückt wäre. Total kaputt! Gott sei Dank ist weder Mario noch mir etwas bei dem Desaster passiert. Nur das Motorrad war leider Schrott. Da war nichts zu machen, und wir erstanden ein gebrauchtes Moped. Auch das alte Gefährt hustete und röchelte immer wie ein Esel mit Erkältung, aber es fuhr ohne Panne. Wir hatten es Herrn Garibaldi abgekauft, der im Übrigen ein Neffe von Frau Scolari ist. Abgekauft stimmt nicht ganz, er hat es uns geschenkt, dafür, dass ich seiner alten, fast blinden Mutter einmal die Woche abends aus Werken der Klassik vorlese. Das hätte ich mir auch nicht träumen lassen, dass ich eines Tages mit über achtzig Jahren alte Menschen in ihren wohlverdienten Schlaf rede. Offenbar bin ich eine gute Vorleserin, denn Mutter Garibaldi – sie war früher übrigens einmal Deutschlehrerin – hat immer ein Lächeln auf den Lippen, wenn ich anschließend die kleine Lampe auf ihrem Nachttisch lösche.

Sinnigerweise haben Mario und ich unserem Moped den Namen »Esel« gegeben. Und Gott sei Dank habe ich von Anfang an darauf bestanden, auch selbst damit zu fahren. Zuerst wollte Mario das nicht, aber schließlich ließ er mich hinter den Lenker. Meine erste Fahrt endete mit einem Sturz knapp vor Pierologos Schweinestall. Doch »Esel« und ich blieben beide unversehrt. Trotz oder wegen dieser etwas unglücklich verlaufenen Uraufführung, was meine Fahrkünste anbelangt, habe ich nicht aufgegeben und beharrlich geübt, und nach und nach fühlte ich mich auf diesem störrischen Fahrzeug sicherer. Wenn man davon ausgeht, dass unser Moped sowieso nicht viel mehr als zwanzig Stundenkilometer schafft, ist die Gefahr jetzt auch eher gering, wegen überhöhter Geschwindigkeit einen neuerlichen Unfall zu bauen. Das Mopedfahren kam mir nun, da ich seit Marios Besuchsreise in den hohen Norden hier auf mich allein gestellt war, ziemlich zugute.

An jenem Abend habe ich mich einfach am Strand in den Sand gelegt. Auf einen Picknickkorb hatte ich verzichtet. Picknick alleine? Das hätte mich nur noch trauriger gemacht. Auch so schon standen mir die Tränen in den Augen. Ich starrte in den nächtlichen Himmel und dachte über mein neues Leben nach. Insbesondere daran, dass ich gelernt hatte, mutiger zu sein, mir etwas zuzutrauen. Viele Jahrzehnte hatte sich mein Leben nur um meinen Mann Robert gedreht. Nachdem er vor eineinhalb Jahren gestorben war, fehlte er mir von einem Tag auf den anderen als mein Lebensinhalt. Mein Leben schien ohne Sinn zu sein. Ich war nicht nur alleine, ich war schrecklich einsam – bis ich Mario traf.

Während meine Gedanken am klaren Sternenhimmel spazieren gingen, versuchten meine Augen, irgendwo eine Sternschnuppe zu entdecken. Wenn ich eine entdeckt hätte, hätte ich mir nur eins gewünscht: Ich wollte, dass Mario so schnell wie möglich wieder zu mir nach Hause kommt. Immerhin war er schon drei Wochen weg! Dieser Bär, dieser manchmal unbeholfene und etwas raue Riese – verglichen mit meinen 45 Kilo, verteilt auf nicht mal einen Meter fünfzig – war inzwischen zum neuen Dreh- und Angelpunkt meines Lebens geworden. Mit einem großen Unterschied zu Robert damals: Ich konnte durchaus ohne Mario sein, ich wollte es aber nicht. Nicht mehr.

Nachdem ich über zwei Stunden in den Nachthimmel gestarrt und der liebe Gott mir keine einzige Sternschnuppe geschenkt hatte, packte ich meine Wolldecke wieder ein. Als ich barfuß durch den feinen Sand zu »Esel« schlich, der am Ende des Schotterweges geduldig auf mich wartete, glaubte ich, aus den Augenwinkeln heraus etwas am Firmament leuchten zu sehen. Blitzschnell drehte ich mich um und hoffte inbrünstig, dass dies endlich die langersehnte kleine Feuerkugel gewesen war. Auf jeden Fall schloss ich die Augen und dachte an Mario. Wie ging es ihm wohl? Warum meldete er sich nicht mehr? Was war das Geheimnis, das ihn umgab und das ihn zu seiner Abreise veranlasst hatte?

Auf der Heimfahrt lachte und weinte ich zugleich. Ich lachte, weil ich einerseits so glücklich in meinem neuen Dasein war, und andererseits weinte ich, weil ich mich wegen Marios Fehlen gerade so unglücklich fühlte.

Genau auf der Kuppe des Hügels ging mir das Benzin aus. Das passte! In all der Unruhe der letzten Zeit hatte ich zu tanken vergessen. Doch da der Weg zu unserem Häuschen ab der Kuppe nur noch bergab führte, konnte ich nach wie vor durch die Landschaft brausen; durch den Schwung sogar mit immer flotterer Geschwindigkeit, bestimmt mit weit mehr als zwanzig Sachen.

Ich war so schnell, dass sogar Fellini mich nicht einholen konnte. Fellini ist eine Dogge und gehört dem Metzger Carelli, einem geborenen Garibaldi, der bei seiner Heirat vor über zwanzig Jahren den Namen seiner Frau angenommen hatte. Es war die Metzgerei ihrer Eltern gewesen, die hatte er quasi mitgeheiratet. Fellini hatte mich von der ersten Sekunde an, als Mario und ich hier auftauchten, ins Herz geschlossen. Warum, weiß ich nicht. Allerdings ist es für eine ältere, zierliche und ansatzweise zerbrechliche Dame nicht ganz ungefährlich, mit einer Dogge von der Größe eines Kalbes befreundet zu sein. Jede Begrüßung, bei der Fellini nicht von seinem Herrchen zurückgehalten wird, kann darin enden, dass er an mir hochspringt und mich umwirft – wie es etwa ein vierjähriger Junge aus Übermut mit einem Türmchen aus Legosteinen tut. Ich hielt also meine Füße fest auf den Pedalen von »Esel« und konzentrierte mich darauf, den Schlaglöchern auszuweichen. Fellini gab die Verfolgung schließlich auf; nicht weil er nicht schnell genug gewesen wäre, sondern weil er einfach zu träge und faul war. Gott sei Dank!

Zu Hause, nachdem ich das Moped in den offenen Schuppen zur wohlverdienten Nachtruhe geschoben hatte, wollte ich die Haustür aufsperren. Doch da merkte ich zu meinem Entsetzen, dass sie nicht zugesperrt war. Ich schüttelte mich und versuchte, mich zu erinnern. Ich hätte schwören können, dass ich beim Weggehen den Schlüssel zweimal umgedreht hatte!

Ganz bewusst schloss ich nach dem Eintreten die Haustür von innen ab und trippelte Richtung Küche, in der neben einem Holztisch mit zwei Stühlen das alte Sofa steht. Auf dem Sofa eine glitzernde Decke aus Indien. Schwaches Mondlicht erhellte die Küche so weit, dass ich sofort bemerkte, dass hier irgendetwas nicht stimmte. Irgendetwas war hier anders als sonst. Bloß was? Meine schwachen Augen suchten in dem fahlen Licht nach einer Orientierung. Alles schien wie immer. Doch dann blieb mein Blick an dem Sofa hängen. Dort lag ein Mann auf der Glitzerdecke und … schlief! Es war nicht Mario. Ich zwickte mich in einen Arm, bis es wehtat. Aber es änderte nichts an dem, was ich wahrnahm: Ich war bei mir in der Küche, und ein fremder Mann lag schlafend auf dem Sofa. Panisch kniff ich beide Augen zu, um sie gleich darauf nacheinander – das rechte Auge zuerst – vorsichtig blinzelnd zu öffnen. Wieder hatte sich nichts geändert. Der Mann war immer noch da.

Zwei

Meine Beine schlotterten so stark, dass ich Angst hatte wegzuknicken wie eine neugeborene Giraffe, die sich das erste Mal auf eigenen Beinen halten will. Ich wusste nicht, wer dieser fremde Mann war und was er in unserem Häuschen zu suchen hatte. War er ein Einbrecher? Dann hätte er sich wohl kaum zum Schlafen auf das Sofa gelegt, sondern wäre mit seiner Beute verschwunden. Doch mit welcher Beute? Bei uns gab es fast nichts zu holen. Jedenfalls nichts, was einen Wiederverkaufswert von mehr als fünfzig Euro hatte. Vielleicht war es aber genau das: Der Mann hatte sich geärgert, dass sein Beutezug so unergiebig war, und wollte nun aus den Bewohnern des Häuschens versteckte Wertsachen herauspressen. Also aus mir. Wie gesagt besitze ich allerdings gar nichts von Wert und kann deswegen auch nirgendwo irgendwelche Preziosen versteckt haben, die ich unter Ausübung von Gewalt hervorzaubern könnte, und die Geheimnummer meiner Scheckkarte vergesse ich sowieso immer wieder. Und sicherlich würde sie mir erst recht auf gar keinen Fall einfallen, wenn ich mit einem Messer an der Gurgel vor einem Geldautomaten stünde.

Ich blieb wie versteinert in der Tür zur Küche stehen, konnte mich nicht bewegen. Natürlich hätte ich laut um Hilfe schreien können, aber der nächste Nachbar ist zu weit entfernt – es ist der Olivenbauer Giminetti, im Übrigen ein entfernter Großneffe von Signora Scolari – und hätte mich allein aus diesem Grund kaum gehört. Außerdem weiß jeder im Dorf, dass er nachts gerne in Überlautstärke alten italienischen Schlagern lauscht. In Ohnmacht fallen konnte, nein, durfte ich nicht, verursacht doch selbst ein Winzling wie ich, wenn er denn fällt, ziemlichen Lärm. Der Eindringling wäre aufgewacht und hätte unvermittelt mit seinen Folterungen beginnen können, um die geheimen Aufbewahrungsplätze der nicht vorhandenen Wertgegenstände aus mir herauszupressen. Ich wusste, dass ich irgendwas unternehmen musste, aber gerade dieses Wissen lähmte meine Gedanken – mal abgesehen von dem Muffensausen, das ich gerade hatte. So stand ich weiter nur da und schaute und schlotterte.

Auch wenn der Mann bestimmt schon über siebzig Jahre alt sein mochte, wirkte er kräftig und groß. Seine Hände konnte ich nicht sehen, er hatte diese hinter seinem Nacken verschränkt, die etwas längeren grauen Haare fielen ihm ziemlich wirr kreuz und quer über seine Stirn und teilweise das Gesicht. Ein angedeuteter Dreitagebart. Um den Hals hatte er so eine Art buntes Piratentuch gebunden, weiß mit roten Punkten. Das Hemd war kariert und stand halb offen. Auf dem rechten Oberarm präsentierte sich ein Tattoo, dessen Motiv ich nicht erkennen konnte.

Ich für meine Person würde mich nie im Leben tätowieren lassen, nicht nur weil das verdammt wehtun muss, sondern weil ich Tattoos einfach lächerlich finde. Und vor allem weiß man doch, wie wichtig unsere Haut ist und dass unter der Haut nicht nur Adern und Nervenstränge verlaufen, sondern auch andere Funktionsbahnen des Körpers – ich sage nur: chinesische Medizin und Akupunktur! Deshalb darf man in solch einem bedeutsamen Organ wahrlich nicht rücksichtslos und nach Belieben mit einer Nadel herumsticheln, bloß um auf immer und ewig farbige Bildchen einzuritzen. Aua!

Mit einem Ruck drehte sich der Mann plötzlich auf die Seite, so dass sein Gesicht nun in meine Richtung zeigte. Ich zitterte. Er konnte jeden Augenblick die Augen öffnen. Irgendwie erinnerte er mich an einen bekannten Schauspieler, allerdings aus älteren Tagen. Ich kam nicht drauf, wie dieser Schauspieler hieß. Aber es war nicht der Augenblick, sich über solche Nebensächlichkeiten Gedanken zu machen. Ich musste endlich handeln!

Möglichkeit eins: Ich könnte langsam rückwärts aus dem Haus schleichen, um mit dem Moped abzuhauen und irgendwo Hilfe zu holen. Leider war »Esel« nicht einsatzbereit, da ja der Sprit fehlte. Außerdem musste ich befürchten, dass Fellini, die Dogge, mir vielleicht bis zum Haus gefolgt war und draußen auf mich wartete. Und auch wenn der Hund einen gutmütigen Charakter hat, ist er, wie ich schon erwähnte, alleine auf Grund seiner Größe und seines massigen Körpers eine Gefahr für mich. Möglicherweise unter einem Fleischberg von wohlgesinntem Hund begraben zu sein erschien mir als keine wirklich verlockende Alternative zu der Vorstellung, dass mir Entsprechendes mit einem menschlichen Exemplar in Gestalt eines fiesen Einbrechers widerfahren könnte.

Was blieb noch?

Möglichkeit zwei: Ich könnte Hilfe holen. Ich habe ja ein Handy, schoss es mir durch den Kopf – ich müsste die Hilfe gar nicht *holen* und womöglich an Fellini vorbei, sondern könnte sie direkt von hier aus herbeirufen. Mein Handy! Aber wo war es? Fieberhaft dachte ich nach … und wie ich so nachdachte, wanderten meine Augen hin und her. Plötzlich blieben sie an etwas metallisch Blinkendem hängen: Mein

Handy lag auf einem kleinen Tischchen direkt neben dem Sofa, keine zwanzig Zentimeter von dem schlafenden Mann entfernt. Sollte ich die zwei, drei Schritte wagen, um es an mich zu bringen? In meinem Kopf liefen die Gedanken noch ein paar Runden im Kreis, jedoch kam ich auf keine andere Lösung. Ich konnte doch schlecht einfach bis Sonnenaufgang warten, um mich dann sehenden Auges in die Gewalt dieses Unbekannten zu begeben! Obwohl – so richtig bedrohlich sah der im Schlaf gar nicht aus. Aber wach? Wer weiß das schon, welcher schlimme verbrecherische Charakter sich hinter einem einigermaßen angenehmen Äußeren und einem harmlosen Gesichtsausdruck verbirgt?

Ich wollte unbedingt an das Handy. Vielleicht wäre es freilich besser, wenn ich mich vorher bewaffnete. Aber womit? Wieder schaute ich mich in dem Raum um. An der hinteren Wand hingen ein paar Messer. Der ganze Satz, den Mario und ich uns vor kurzem beim Wochenmarkt hatten aufschwatzen lassen. Scharf waren sie schon. Andererseits – würde ich wirklich mit einem Messer zustechen? Ich wäre doch gar nicht in der Lage, einen Menschen zu verletzen, selbst wenn es mir an den Kragen ginge. Der Gedanke »Messer« hatte sich somit erübrigt.

Keine zehn Sekunden später hatte ich den einzigen Gegenstand in der Hand, der griffbereit dastand und mir überhaupt Sinn zu machen schien: eine Haarspraydose. Normalerweise hatte ich stets eine im Bad, aber diese Dose hatte ich erst gestern neu gekauft, und ich hatte sie noch nicht verräumt, sondern in meinem Einkaufskorb in unserem kleinen Flur stehen lassen. Zum Glück! Haarspray ist sicherlich nicht so wirksam wie Pfefferspray, allerdings besser als nichts, dachte ich mir.

Die Dose fest in der rechten Hand schlich ich nach alter Indianerart vorsichtig zwei Schritte in die Küche hinein, um dann kurz vor dem Kopfende des Sofas innezuhalten und mich langsam Richtung Handy vorzubeugen – den Mann auf dem Sofa ließ ich dabei keine Sekunde aus den Augen.

Je näher ich ihm kam – Zentimeter für Zentimeter –, umso furchterregender wirkte er auf mich. Nicht nur, dass ich ihn noch genauer in Augenschein nehmen, studieren konnte, jetzt hörte ich auch seinen Atem, der leise, aber stetig ging und jedes Mal mit einem Zischen endete.

Noch etwa eine Armlänge, dann hätte ich mein Handy erreicht. Die Haarspraydose immer noch in der rechten Hand streckte ich meine linke Hand allmählich nach vorne. Schon hatte ich meinen Arm ganz lang gemacht, und doch reichte es noch nicht. Ich kam nicht ran.

Jeden Augenblick konnte der Mann erwachen und sich erheben. Wegen dieser etwas angespannten Situation verharrte ich einen Moment in einer nicht gerade besonders bequemen Haltung mit dem ausgestreckten linken Arm, wollte Kraft schöpfen für die entscheidende Aktion. Da schmatzte er plötzlich, leckte sich mit der Zunge über die Lippen.

Er öffnete den Mund und sagte: »Hallo.«

Ein Blitz schlug in mich ein. Sprach der Fremde mit mir? Wohl kaum, denn seine Augen waren weiterhin fest geschlossen.

»Ich weiß, ich hätte schon viel früher kommen sollen, aber ich …«

Er schmatzte wieder, aber es kamen keine Worte mehr aus seinem Mund.

Ich hing an seinen Lippen. Nun wollte ich, dass er weitersprach. Doch erst mal sagte er ein Weilchen nichts. Dann …

»… aber ich will nicht mehr, ich kann auch nicht mehr …«

Was wollte er nicht mehr? Was konnte er nicht mehr? Es war schon seltsam absurd, war ich doch in meinem eigenen Haus, zusammen mit einem Mann, von dem ich überhaupt keine Ahnung hatte, wer er war und was er wollte. Nichtsdestoweniger galt mein Interesse nun den wenigen Worten aus seinem Mund, die er offenbar im Schlaf sprach.

Während ich gespannt auf das stark gebräunte Gesicht starrte, in dem sich seine Lippen wieder formten, um weiterzureden, beugte ich meinen Oberkörper noch stärker nach vorne. Peu à peu und sehr sachte – voller Konzentration auf mein Ziel. Es wurde mir dabei selbst gar nicht recht bewusst, wie prekär meine Position sich bereits verändert hatte. Ich bemerkte es erst, als ich schon im Begriff war, wie im Zeitlupentempo nach vorne zu kippen. Um wieder ins Gleichgewicht zu kommen, begann ich fast reflexartig, mit beiden Armen kreisförmig nach hinten zu rudern – dabei mit der rechten Hand die Haarspraydose fest umklammernd.

Doch je kräftiger ich ruderte und ruderte, desto schlimmer kam ich ins Schwanken und umso eher verlor ich endgültig das Gleichgewicht: Mit meinem Gesicht fiel ich direkt auf den Schlafenden, mein Oberkörper prallte halb auf seinem auf, die Knie knallten gegen das Sofa und rutschten auf den Boden. Als mein Körper so aufschlug, war ich viel zu erschrocken, um auch nur einen einzigen Laut von mir geben zu können. Mit weit aufgerissenen Augen sah ich, dass er ein Auge öffnete und mich überrascht ansah. Ich hatte immer noch meinen Kopf auf seinem Brustkorb liegen, als sich sein rechter Arm näherte, um mich zu umklammern. Im letzten Augenblick schnellte ich zurück. Ich weiß auch nicht, warum, aber ich sagte: »Entschuldigung« …

… rappelte mich, so schnell ich konnte, auf und raste dann Richtung Küchentür. Ohne mich umzudrehen, ich wollte keine wertvollen Sekunden auf meiner Flucht verlieren. Zumal ich zu hören glaubte, dass der Mann dabei war aufzustehen. Ich hastete um den Türstock herum in den Hausflur, wo ich mit meinem rechten Bein zu allem Überfluss gleich an Marios Stiefeln hängen blieb. Die hatten dort aber wirklich nichts zu suchen! Wie oft hatte ich ihm schon gesagt, dass er die Stiefel in den Vorraum bringen sollte und nicht einfach vor der Küche stehen lassen? Leise in mich hineinfluchend stolperte ich mehr Richtung Haustür, als dass ich rannte, rutschte gegen den Türrahmen, riss die Tür auf und machte einen – für mich ziemlich respektablen – Satz nach draußen. Schleunigst knallte ich sie hinter mir zu und fingerte flehentlich nach dem Hausschlüssel in meiner Jackentasche. Ich fand ihn, er fiel zu Boden, ich hob ihn hektisch wieder auf und steckte ihn ins Schloss. Von drinnen hörte ich die Schritte meines Verfolgers, doch gelang es mir, das Schloss zweimal abzusperren, bevor er die Haustür erreichte.

Gut gemacht, Else! Ich hatte den Mann eingesperrt. Langsam und vorsichtig ging ich rückwärts von der Tür weg in den Garten – selbst in der Dunkelheit so geschickt, dass ich nicht mal gegen die Terracottatöpfe mit dem Lavendel stieß. Ich atmete kurz durch, aber es war mir klar, dass ich noch nicht gerettet war. Der Mann könnte durch ein Fenster steigen. Nervös starrte ich auf die Hauswand, die von der kleinen Laterne über der Haustür schwach rötlich erleuchtet wurde. Sollte ich wegrennen? Schweiß trat mir auf die Stirn, und mit einem Mal stieg wirkliche, echte Angst in mir hoch. Panisch holte ich tief Luft und schrie: »Hilfe!«

Im Grunde wusste ich ja, dass mich keiner hören würde – es sei denn, jemand wäre zufällig so spät noch hier in der Gegend unterwegs.

Keine Antwort.

Oder war da etwas? Da war doch was! Voller Hoffnung schrie ich ein zweites Mal: »Hilfe, Hilfe!«

Ich lauschte, wandte mich um. Und wirklich, da war jemand. Da war ein Schatten in der Nacht. Egal wer es war. Sicherlich würde mir derjenige zu Hilfe kommen. Ich war gerettet.

Als ich ein deutliches Geräusch hörte, drehte ich mich wieder zum Haus um. Das Geräusch kam mir vertraut vor – es klang fast so, als würde die Haustür von innen geöffnet werden. Und tatsächlich: Die Tür ging einen Spaltbreit auf. Den Schlüssel nach wie vor in meiner linken Hand, mit der rechten die Spraydose umklammernd blickte ich unverwandt auf die Tür.

Sie öffnete sich jetzt ganz – und der fremde Mann erschien. Er schaute zu mir, unsere Blicke trafen sich. Ungläubig betrachtete ich den Schlüssel in meiner Hand. Ich hatte doch gerade eben – vor nicht einmal einer Minute – die Tür abgeschlossen. Oder etwa doch nicht?

Der Fremde trat heraus.

Automatisch ging ich einen Schritt rückwärts.

Er winkte mir.

»Jetzt bleiben Sie doch stehen! Ich will Ihnen nichts.«

»Was machen Sie in meinem Haus?«, fragte ich ihn mit all meinem Mut.

»Das kann ich Ihnen erklären.«

Voller Anspannung hüpfte ich von einem Bein auf das andere und zappelte herum. Er kam näher. Ich versuchte, ihn zurückzuhalten, und warf ihm energisch entgegen: »Kommen Sie keinen Schritt näher!«

»Können wir uns nicht in Ruhe unterhalten? Ich kann Ihnen alles erklären. Es geht um Mario.«

Ich horchte auf. Was hatte dieser fremde Mann mit Mario zu tun? Offenbar kannte er ihn, allerdings konnte das genauso gut eine Falle sein, um Vertrauen zu schaffen und mich in Sicherheit zu wiegen.

Abermals machte ich einen Schritt rückwärts, als ich hinter mir wieder Geräusche hörte. Dieses Mal um einiges lauter als zuvor. Mein Gott, das hatte ich noch gar nicht bedacht: Vielleicht hatte dieser fremde Mann einen Komplizen, und die beiden Männer waren gerade dabei, mich in die Zange zu nehmen! Spontan drehte ich mich um und sah, wie ein riesiger Fleischberg ungestüm auf mich zugaloppierte. Fellini! Ich glaube, er lächelte. Er wollte mir nichts Böses, aber er kannte seine Grenzen nicht.

»Fellini! Stehen bleiben!«

Die Dogge lief weiter. Meine Aufforderung war auch mehr ein Akt der Verzweiflung gewesen. Genauso gut hätte man sich auf ein Bahngleis stellen und einen Intercity durch Winken mit einem winzigen Taschentuch aufzuhalten versuchen können. Fellini nahm weiter Fahrt auf. Meine Augen weiteten sich. Ich musste das Tier stoppen, bevor es mich aus lauter Liebe umriss – aber wie? Da fiel mir die Spraydose in meiner Hand ein. Ich zielte. Bevor ich auf den Sprayknopf drückte, versuchte ich es nochmals mit gutem Zureden – ich wollte ihm ja auch nichts Böses.

»Fellini, jetzt ist gut.«

Zwecklos! In letzter Sekunde »schoss« ich mit der Dose auf das sich unaufhaltsam nähernde Unglück. Leider hatte ich die Dose verkehrt herum gehalten, der »Schuss« ging nach hinten los. Als mich der Strahl beißenden Haarsprays aus kurzer Entfernung mitten ins Gesicht traf, sackte ich zusammen. Es tat höllisch weh.

Da empfand ich es sogar als Erleichterung, als mir eine große, nasse Zunge quer über das Gesicht fuhr.

Drei

Das letzte halbe Jahr im Süden war für mich herrliche Entspannung, aber auch Abenteuer, brachte doch jeder Tag neue Überraschungen. All die Jahrzehnte davor hatte ich ein ruhiges, ein beschauliches Leben an der Seite meines geliebten Robert geführt. Nach seinem überraschenden Herztod war ich von einem Tag auf den anderen einsam geworden, war ich alleine in der großen Stadt. Viele Menschen hatte ich all die Jahre nicht um mich gehabt. Denn auch wenn ich Oma Else genannt werde – vor allem wegen meiner grauen Haare –, gibt es in meinem Leben keine Enkel: Ich habe keine eigenen Kinder. Robert und ich hatten uns lange welche gewünscht, doch der liebe Gott war in diesem Punkt nicht auf unserer Seite. Die beiden einzigen Freundinnen, die in meinem Leben eine wichtige Rolle gespielt hatten, waren nach Roberts Tod auch schnell aus meinem Leben verschwunden. Marlene kämpfte mit einer immer stärker werdenden Demenz, während bei Elisabeth ganz andere Dinge zutage traten. Ich weiß nicht, ob Sie sich erinnern? Aber durch den Fund einiger Briefe kam heraus, dass Elisabeth und Robert offenbar eine Liebe zueinander pflegten, von der ich nichts ahnte, geschweige denn wusste. Ich wollte dieser Geschichte gar nicht weiter nachgehen. Ich wollte Platz in meinem Herzen lassen, um meinem geliebten Robert verzeihen zu können.

Während ich vor dem Haus am Boden lag, schmerzten

meine Augen, als hätte die Polizei ihren gesamten Vorrat an Reizgas auf mich versprüht. Fellini ließ nicht davon ab, mich mit nassen Sympathiebeweisen zu überschütten. Eine Dogge mit einer Riesenzunge. Ich schlug um mich, und vielleicht traf ich mich dabei selbst am Kopf. Jedenfalls gibt es dann plötzlich eine gewisse Lücke in meiner Erinnerung. Vielleicht hatte auch mein niedriger Blutdruck seinen Anteil daran. Wie auch immer: Ich wurde ohnmächtig.

Als ich wieder erwachte – draußen war es schon wieder hell geworden –, lag ich auf dem Sofa in meiner Küche. Auf dem Sofa, auf dem kurz zuvor noch dieser fremde Mann geschlafen hatte. Nachdem ich langsam wach geworden war und ich nach und nach begriffen hatte, in welcher Situation ich steckte, wollte ich nicht sofort zu erkennen geben, dass ich wach war. Vorsichtig öffnete ich die Augen nur halb und spähte zu dem Unbekannten, der in der Küche herumhantierte. In meiner Küche. Unbemerkt beobachtete ich ihn. Er war für sein Alter – ich schätzte ihn wie gesagt auf über siebzig Jahre – von einer kräftigen und durchtrainierten Statur. Unter dem grob karierten Hemd sah ich eine weit geschnittene Cordhose, die ihm wahrscheinlich auch eine Nummer zu groß war. Die Füße steckten in leichten Bergschuhen.

Heimlich beobachtete ich jeden Handgriff des Mannes. Er war, wenn ich das richtig verstand, gerade damit beschäftigt, Tee aufzusetzen. Welch ein Zufall – er nahm dazu einen weißen Tee, meinen Lieblingstee! Noch immer hatte ich keine Ahnung, wer er war und was er hier zu suchen hatte. Aber eins beruhigte mich: Er hatte mich offenbar ins Haus getragen und mich aufs Sofa gelegt. Und wie ich jetzt an einem feuchten Tuch bemerkte, das auf meiner Stirn lag, hatte er auch versucht, mir das Spray aus den Augen zu reiben und mir Kühlung zu verschaffen. Also meinte er es gut mit mir. Oder hatte er noch etwas anderes mit mir vor und wollte mich deswegen am Leben erhalten? Ich lag starr da und schaute zu ihm, während er mir den Rücken zudrehte. Ich muss zugeben, dass er mir irgendwie zu gefallen begann. Seltsam, aber es war so. Und während ich sinnierte, fiel mir auch ein, an wen mich mein unbekannter »Besucher« erinnerte. An einen berühmten Schauspieler, dessen Vorname Hardy ist. Auf den Nachnamen komme ich gerade nicht. Er wird mir vielleicht noch einfallen. Es kann sein, dass die Ähnlichkeit zwischen den beiden Männern gar nicht so groß ist. Für mich gibt es da durchaus eine.

»Wie fühlen Sie sich?«

Hallo?! Mit wem sprach er da? Mit mir etwa? Er drehte sich langsam zu mir um. Blitzschnell schloss ich meine Augen und stellte mich schlafend.

»Ach, kommen Sie, Muttchen, Sie müssen mir hier nichts vorspielen.«

Wie bitte?!! Muttchen?!

»Falls es Ihnen noch nicht aufgefallen sein sollte – Ihr Gesicht spiegelt sich in den Töpfen da drüben auf der Ablage. Also, das muss man Ihnen lassen. Alles blitzblank hier drinnen!«

Ich setzte mich mühsam auf und musterte ihn. Meine Augen verengten sich zu Schlitzen – wie bei einer Löwenmutter, wenn eine Reisegruppe, bewaffnet mit Fotoapparaten, sich ihrem Nachwuchs nähert. Und was machte er? Er grinste.

»Wie kommen Sie darauf, mich Muttchen zu nennen?«, blaffte ich ihn an.

Leicht irritiert hob er eine Augenbraue.

»Das war doch nur ein Spaß.«

»Den Sie in Zukunft für sich behalten können.«

Ich stand auf, stellte mich aufrecht hin und baute mich vor Hardy auf, der daraufhin ein noch breiteres Grinsen aufsetzte. Mein Scheitel war etwa auf der Höhe seines obersten geschlossenen Hemdknopfes.

»Allerdings ist nicht davon auszugehen, dass wir uns in Zukunft häufiger sehen. Beantworten Sie mir einfach drei Fragen: Wer sind Sie? Was machen Sie in meinem Haus? Und warum sind Sie hier eingebrochen?«

Er fuhr sich mit einer Hand über das Gesicht, strich ein paar Strähnen zur Seite. Mit der anderen Hand zog er einen Küchenstuhl heran, so dass er sich setzen konnte. Als er saß, war er mit mir, die ich immer noch stand, so ziemlich auf Augenhöhe. Unsere Gesichter waren gerade mal einen halben Meter voneinander entfernt.

»Also, ich warte. Schießen Sie los! In meinem Alter kann man nicht ewig warten.«

Hardy taxierte mich langsam von oben bis unten und den ganzen Weg genauso langsam wieder zurück. In einer Art, die ich nur als Unverschämtheit beschreiben kann. So kann man vielleicht eine Bordsteinschwalbe am Hafen begutachten, aber bitte nicht mich, eine Dame!

»In Ihrem Alter?! Also, so alt sind Sie doch nicht. Also, ich … ich schätze Sie auf gerade mal Ende siebzig.«

Mir blieb die Spucke weg. Dieser unverschämte Kerl! Ich weiß schon, dass ich älter bin als Ende siebzig. Doch werde ich gerne jünger geschätzt – wenn ich denn überhaupt geschätzt werden möchte.

»Sorry. Aber wenn ich Sie genauer anschaue, korrigiere ich mich … und würde sagen, eher Anfang siebzig.«

Erneut ein breites Grinsen. Wie unverschämt will dieser

Mann denn noch werden? Ich weiß genau, dass ich nicht unbedingt als Anfang siebzig durchgehe.

»Und bevor ich Ihre Fragen beantworte, nehme ich gerne Ihren Dank an, dass ich mich um Sie gekümmert habe. Sie reingetragen habe ...«

Ich winkte ab.

»Dafür bedanke ich mich vielleicht, wenn ich dann doch irgendwann erfahre, mit wem ich es überhaupt zu tun habe. Also?«

»Zuerst einmal: Es könnte sein, dass wir uns in nächster Zeit häufiger sehen. Aber das erkläre ich Ihnen gleich noch.«

Wie bitte?

»Mein Name ist Hans. Ich bin ein alter Freund von Mario. Und ich bin ganz einfach ins Haus gekommen, ich musste hier nicht einbrechen. Mario hat mir verraten, wo der Ersatzschlüssel versteckt ist: In einem kleinen Holzkästchen unter den Tomatensträuchern am Zaun.«

Das stimmte. Eine leichte Verunsicherung stieg in mir hoch, obwohl – oder womöglich gerade weil – dieser Mann, Hardy, sich offensichtlich auskannte. Ich fand, Hardy passte besser zu ihm als Hans. Hans hieß mal ein Onkel von Robert, der sich die Zeit damit vertrieb, aus unendlich vielen Streichhölzern die großen Gebäude der Welt nachzubauen – vom Louvre über die Akropolis bis hin zur Oper von Sydney. Der Name Hans war für mich schon anderweitig vergeben.

»Und wenn Sie mir nicht glauben, werfen Sie mal einen Blick hinter das Haus und schauen, was da steht: ein VW-Bus. Ich meine, der Bus, der Ihnen und Mario gehört.«

Mario und ich hatten uns vor nicht mal zwei Monaten einen gebrauchten VW-Bus gekauft. Es war eine günstige Gelegenheit von einem Obsthändler aus dem Nachbardorf gewesen.

»Was soll das schon heißen? Sie können Mario den Bus auch gestohlen haben!«

»Wie? Sehe ich etwa aus wie ein Dieb?«

»Ich glaube nicht, dass es prinzipielle Vorgaben gibt, wie ein Dieb auszusehen hat.«

Ich hatte – eher nebenbei – einen Blick aus dem Fenster geworfen. Und dort stand er wirklich: unser grün-weißer Bus, mit einer Beschleunigung von knapp unter einer Minute von null auf hundert. Oder sagen wir besser: fünfundneunzig. Denn das ist seine Höchstgeschwindigkeit. Also: Der VW-Bus war wieder da. Aber was noch wichtiger war: Hardy hatte einen Brief für mich dabei. Einen handgeschriebenen Brief von Mario. Ein Brief für mich! Ich erinnerte mich an den Brief, den er mir damals geschrieben hatte, um mir vorzuschlagen, gemeinsam in den Süden zu ziehen. Und nun hielt ich diesen neuen Brief in meinen zittrigen Händen. Ich wollte den Brief ungestört lesen und ging hinaus in den Garten zu dem Kräuterbeet, hinter dem Mario mir eine kleine Holzbank aus alten Balken gezimmert hatte, damit ich die Abendsonne besser genießen kann. Es war morgens, und die Sonne schien auf der anderen Seite des Häuschens, aber diese Holzbank schien mir der richtige Platz zu sein, um den Brief zu lesen. Warum hatte Mario mir geschrieben? Warum hatte er nicht angerufen? Und warum ging er die letzten Tage gar nicht an sein Handy, wenn ich ihn sprechen wollte? Warum? Warum? Warum?

Ich war so mit meinen Gedanken und mit dem Stück Papier in meinen Händen beschäftigt, dass ich Hardy nicht groß weiter beachtete, der im Haus blieb. Er hustete, das hörte ich noch aus der Ferne, und er hantierte in der Küche herum. Ich ließ ihn machen, dieser Brief war wichtiger für mich.

Vier

Liebe Else,
zuerst möchte ich Ihnen sagen, dass Sie dem Mann, der Ihnen den Brief überreicht, voll und ganz vertrauen können. Er ist ein alter Freund von mir. Und wie sagt man so schön, »meine Freunde sind auch deine Freunde …«

Na bravo, erst hatte ich tagelang, nein: wochenlang nichts von Mario gehört, und dann quälte er mich auch noch mit Plattitüden!

Anmerken möchte ich – es ist Ihnen sicher aufgefallen –, dass wir uns weiterhin siezen, auch nach all den gemeinsamen Erlebnissen. So wie etwa unseren nächtlichen Ausflügen mit dem klapprigen Segelboot, eines mit Hilfsmotor, das wir uns hin und wieder von dem Dorfpolizisten Morelli ausgeliehen haben – der im Übrigen mit einer Nichte von Signora Scolari verheiratet ist. Dabei sind wir manchmal sogar schwimmen gegangen – bei Mondlicht und nackt! Natürlich habe ich immer darauf bestanden, dass Mario sich umdreht, bis ich ganz ins Wasser eingetaucht war. Möglicherweise haben sich ja ein paar Fische bei dem Anblick meines Körpers erschrocken; aber das war mir egal. Ein anständiger Fisch, der schläft auch nachts und stiert nicht älteren Damen hinterher.

Früher hätte ich nicht mal gewagt, tagsüber ins Meer zu gehen, schon aus Angst vor Wasserschlangen, Quallen oder anderem Getier – geschweige denn in der Nacht. Doch ich habe mich geändert – und wie! Es ist erstaunlich, dass der Mensch zeit seines Lebens zwar immer derselbe bleibt, sich dennoch stetig ändert – wenn er denn will. Vielleicht ist das Leben wie Tanzen: mal einen Schritt vor, dann zwei zur Seite oder auch wieder mal einen zurück. Sicherlich dreht man sich hin und wieder im Kreise, und wenn man nicht aufpasst, wird einem schwindlig. Aber dann muss man nur eine kleine Pause machen und etwas durchschnaufen. Auch in meinem Alter muss man nicht einrosten. Nein, man darf es nicht. Diese kleine Lektion hatte ich gelernt.

Hier oben habe ich alle Hände voll zu tun, was kein Wunder ist. Ich war schon so lange nicht mehr zu Hause. Meine Söhne habe ich beide getroffen. Und der eine Filius, nämlich Peter, will, dass ich ihm helfe, vor seinem Umzug seine neue kleine Wohnung herzurichten. Da gibt's einiges zu tun. Sie verstehen, Sachen wie Malern und Tapezieren. Das ist der Grund, weswegen ich noch etwas länger hierbleiben muss, als ich das mal vorhatte.

Ich ließ den Brief für einen Augenblick sinken und schaute den Spatzen zu, die sich um ein Stückchen Brot stritten, das Hardy aus dem Fenster geworfen hatte. Dann las ich weiter.

Ich habe eine Bitte an Sie: Zum Einzug in seine Wohnung will ich meinem Sohn ein paar Sachen überlassen, die wir eh nicht mehr gebrauchen können. Sachen wie etwa den alten Tisch aus Eisen, der im Schuppen steht, oder die Holzbank mit den Holzstühlen, die ich erst neulich grün gestrichen habe. Sie erinnern sich?

Natürlich erinnerte ich mich. So alt und vergesslich bin ich noch nicht, dass ich mich an so etwas nicht erinnern könnte. Mario war beim Streichen in den Nahkampf mit einer Wespe geraten, was dazu führte, dass er nicht nur die Holzbank, sondern auch die Pflastersteine des Gartenweges mit grüner Farbe versehen hat. Er war mit seinem rechten Schuh in die Farbdose geraten, hatte sich darin verklemmt und war auf der Flucht vor der Wespe Richtung Straße damit über den Gartenweg gehopst.

Mario wollte, wie er weiter in dem Brief schrieb, dass Hardy und ich – ich sollte ihn begleiten – verschiedene Sachen von ihm mit dem VW-Bus nach Norden bringen. So könnte ich auch mal sein altes Zuhause kennenlernen, so seine Idee.

Ich wollte aber gar nicht sein altes Zuhause kennenlernen. Wieso auch? Hier war unser Zuhause. Hier – dieses Häuschen, dieser Garten, diese Bank, auf der ich saß. Und auch die zankenden Spatzen gehörten zu unserem Zuhause. Waren es überhaupt Spatzen? Egal.

Dieser Brief verwirrte mich. Vor allem irritierte mich, dass so viele Fragen unbeantwortet blieben, die ich noch auf der Seele hatte. Warum ging Mario nicht mehr ans Telefon, wenn ich ihn anrief, oder rief mich seinerseits nicht mehr an? Warum schrieb er nicht ein Wort von seiner Frau? Er musste sie doch auch gesehen haben? Warum hatte ich immer mehr das Gefühl, dass er irgendein Geheimnis hatte, das er mir nicht verraten wollte? Ich legte den Brief neben mich auf die Bank und dachte nach.

Dabei muss ich nach einer Weile eingeschlafen sein. Zwar passiert mir das bei Weitem nicht mehr so häufig wie früher, dass ich tagsüber unvermittelt ins Reich der Träume gleite, aber hin und wieder eben doch. Und dann schlafe ich wirklich tief und fest.

Einige Zeit später – die Spatzen hatten das Brot inzwischen ratzeputz aufgefressen – wachte ich wieder auf. Immer noch auf der Bank sitzend. Ich war alleine, von Hardy keine Spur. Der VW-Bus stand immer noch da, allerdings war »Esel«, das Moped, verschwunden.

Erst nach einigen Stunden tauchte Hardy wieder auf. Er hatte eingekauft, um am Abend etwas für uns beide zu kochen. Was er kochen wollte, verriet er nicht. Er war mit dem Moped zur Tankstelle gefahren, um es aufzutanken. Wohlgemerkt – er hatte den Motor angelassen und war damit gefahren! Mir hatte vorher keiner verraten, dass »Esel« unter dem Sitz einen Hebel für eine Tankreserve hat. Jetzt wusste ich es.

Während Hardy in der Küche herumhantierte, wollte er nicht, dass ich ihm dabei zusah. Er brauchte seine Ruhe und auf keinen Fall irgendwelche Ratschläge. Sonst könnte er sich nicht konzentrieren. Das muss man sich mal vorstellen! Dieser Mann, den ich vor einigen Stunden nicht mal gekannt hatte, warf mich aus meinem eigenen Häuschen. Aber ich ließ ihn gewähren, ich war selbst viel zu sehr mit Marios Brief beschäftigt. Da stimmte etwas nicht, und zwar ganz und gar nicht! Ich hatte mich inzwischen auf eine Bank an der Hauswand gleich neben dem Küchenfenster gesetzt. Durch die geöffneten Fensterflügel hindurch versuchte ich, Hardy auszuhorchen. Vielleicht wusste er mehr.

»Sagen Sie mal! Wissen Sie, was in Marios Brief steht?«

Ein leicht entrüstetes Schnauben war zu vernehmen.

»Natürlich nicht. Das ist Ihr Brief, und ich lese keine fremden Briefe.«

Die Bemerkung traf mich mitten ins Herz, auch wenn ich nicht annahm, dass Hardy die Geschichte von mir und den fremden Briefen kannte. Von den Briefen, die ich aus den Kästen anderer Leute genommen hatte. Oder vielleicht doch? Nein, das konnte ich mir nicht vorstellen. Mario hatte mir seinerzeit versprochen, dass diese Geschichte für immer unter uns zweien bleiben sollte. Und ich glaubte ihm – glaube ihm noch.

Ich setzte neu an.

»Aber Sie wissen, was Mario will?«

»Logo, sonst wäre ich ja nicht hier. Wir sollen zusammen was von seinem Krempel zu ihm schaffen.«

»Das also hat er Ihnen gesagt?«, hakte ich nach, um sicherzugehen.

»Hat er.«

Kurze Pause, unterbrochen durch lautes Klappern aus der Küche. Dann ein kurzer Fluch. Nach ein paar weiteren Sekunden tönte es heraus: »Sagen Sie, haben Sie denn gar keinen Rosmarin?«

»Doch«, antwortete ich fröhlich, »steht im Töpfchen auf der Fensterbank.«

»Danke.«

Kurz darauf erschien sein großer Kopf im Fenster, und er riss an dem wehrlosen Rosmarin.

»Sie müssen nicht gleich den ganzen Topf kaputt machen!«, rief ich ihm zu, um das Schlimmste zu verhindern.

»Das wächst schon wieder nach.«

Und nochmals rupfte er so, dass ich aus Mitgefühl mit der Pflanze zusammenzuckte. Dann hielt er inne und schaute mich an.

»Mein Vorschlag an Sie: Vielleicht fangen Sie schon mal

langsam mit Packen an! Weil ich ganz gerne mit Ihnen gleich morgen früh losfahren würde.«

Ich zögerte, blickte zu dem Brief, der immer noch hinten auf der anderen Bank am Kräuterbeet lag.

»Ich weiß gar nicht, ob ich mitfahren soll.«

»Wieso nicht? Ich dachte, Mario ist Ihr Freund. Und wenn er Sie um einen Gefallen bittet ...«

Diesmal rupfte er an einer anderen Pflanze. Das arme Basilikum-Töpfchen war an der Reihe.

»Was kochen Sie eigentlich?«, fragte ich, um ihn abzulenken und noch ein wenig Zeit zu schinden.

»Das wird nicht verraten.«

Damit verschwand sein Kopf wieder aus dem Fensterrahmen. Ich stand auf und ging ein paar Schritte im Gärtchen herum. Während ich über Marios Bitte nachgrübelte, vertrieb ich mir die Zeit, indem ich die Tomaten tätschelte. Übersprungshandlung nennt man das wohl.

Natürlich würde ich das organisieren können, ein paar Tage wegzufahren. Der Nachbar Maroni würde sich in meiner Abwesenheit schon um das Nötigste kümmern. Aber ich zögerte, wusste wirklich nicht so recht, was ich von allem zu halten hatte. Außerdem wollte ich von hier überhaupt nicht weg – nicht einmal für ein paar Tage. Ich wollte nicht aus meinem Paradies vertrieben werden. Allerdings – ohne Mario war es auch nicht mehr so schön, gar nicht mehr so paradiesisch. Trotzdem: Wer wusste, wann ich wiederkäme? Womöglich erst nach Wochen. Bei Reisen ist das immer so eine Sache.

Keine Ahnung, ob man dem Gericht, das Hardy »gezaubert« hatte, einen Namen hätte geben können. Ich weiß nur, es war ungenießbar. Und die Küche sah aus, als ob ein

Stamm von Hunnenkriegern hindurchgestürmt wäre. Dennoch brachte ich es nicht übers Herz, ihm die Wahrheit über sein Essen zu sagen, ließ er mich doch nicht aus den Augen und verfolgte jede meiner Kaubewegungen wie eine kleine Weltsensation. Auch wenn mir dieser Mann fremd war, wollte ich seinen Einsatz honorieren. Er hatte sich, nicht nur was die Verwüstungen rund um den Herd betraf, sehr viel Mühe gegeben und war selbst mächtig stolz auf das, was er zusammengekocht hatte. Es schmeckte übrigens nach einer Mischung aus allem Möglichen, nur Rosmarin schmeckte ich nicht raus. Und auch kein Basilikum. Zugegebenermaßen kann ich für meine Person nur leidlich kochen – wenn auch gegenwärtig besser als früher –, doch ich weiß durchaus gutes Essen zu schätzen, und ich falle auch nicht in fremde Häuser ein und foltere unbescholtene Bürger mit so etwas wie einem Brei. Aber ich wollte Hardy einfach die Freude lassen, mich bekocht zu haben. Also aß ich, so gut es ging, sprich, ich würgte den Fraß hinunter – ohne mir etwas anmerken zu lassen.

»Lecker, was?«

Ich gab vor, mit vollem Mund nicht sprechen zu wollen, und drückte mich um eine Antwort.

Hardy hingegen scherte sich kein bisschen darum, ob er den Mund voll hatte oder nicht, und sprach einfach weiter.

»Hmpfnmpfnm mpfhmr mpdnh?«

Um nicht weitere Fragen zu provozieren, nickte ich und signalisierte Zustimmung, auch wenn ich keine Ahnung hatte, was er mich überhaupt gefragt hatte. Das hinderte ihn allerdings keineswegs daran, mit der Fragerei fortzufahren.

»Hmhdm mpnhfld mnhrhdjf nghmfh?«

Dieses Mal zögerte ich mit meiner Antwort und schüttelte

erst nach einer kurzen Phase des scheinbaren Nachdenkens den Kopf – als Zeichen der Verneinung. So entwickelte sich eine recht einseitige Unterhaltung, wobei Hardy mich hin und wieder verwundert anstarrte. Vielleicht hätte ich hier und da anders antworten, eher den Kopf schütteln als nicken sollen. Wer weiß?

Marios Brief war mir auf den Magen geschlagen, aber nicht so, dass er mir den Appetit geraubt hätte, sondern er hatte ihn vielmehr sogar noch verstärkt. So schaffte ich es, die Portion des von Hardy gekochten Breis irgendwie zu vertilgen, obwohl er mir nicht schmeckte. Den Roséwein, den er auf meinen Vorschlag hin entkorkt hatte, genoss ich dagegen sehr. Ich glaube, ich habe davon sogar mehr getrunken als er. Und das will bei meiner Körpergröße, im Vergleich zu seiner, was heißen!

Hardy bestand darauf, auch die Aufräumarbeiten in der Küche alleine zu bewerkstelligen. Man könnte auch sagen: Renovierungsarbeiten. Ich habe sein Angebot sofort angenommen. Erstens trieb mir das Chaos die Tränen in die Augen, und zweitens war ich bedüdelt. So zog ich mich in mein Zimmer zurück, während Hardy sich lautstark ans Werk machte.

Ich hasse es, anderen Leuten auf die Mailbox zu sprechen. Auch Mario hatte ich ganz selten auf die Mailbox gesprochen. Doch dieses Mal war es so weit, ich konnte nicht anders. Es war schon gegen Mitternacht, als ich voller Unruhe noch mal das kleine Lämpchen auf meinem Nachttisch anstellte, meine Brille aus der Schublade kramte und im Handy seine Nummer suchte. Ich wählte. Mailbox!

»Mein lieber Mario, vielen Dank für Ihren Brief. Allerdings fände ich es noch schöner, wenn wir zwei endlich mal wieder persönlich sprechen könnten. Warum gehen Sie nicht mehr ans Telefon? Warum rufen Sie mich nicht mehr an?«

Pause – ich atmete ein paarmal tief ein und aus, um schließlich fortzufahren.

»Stattdessen schicken Sie mir diesen Freund ... der im Übrigen überhaupt nicht kochen kann. Sie können sich nicht vorstellen, welchen Fraß ich heute Abend über mich ergehen lassen musste! ... Also ... rufen Sie mich bitte unbedingt zurück. Gute Nacht!«

Ich drückte die Verbindung weg und hielt inne. Es war mit einem Mal so ruhig in meinem Zimmer, dass ich die Stille hören konnte. Aus der Stille heraus glaubte ich, Schritte auf dem Flur neben meinem Schlafzimmer zu hören. War Hardy noch auf? Ich hatte ihm Marios Bett frisch bezogen, aber vielleicht schlich er noch aus irgendeinem Grund durch das Haus. Hatte er gehört, was ich Mario auf die Box gesprochen hatte?

Als ich am nächsten Morgen aufwachte, lag ich langgestreckt im Bett und hatte immer noch das Handy in der Hand. Ich hatte so die ganze Nacht durchgeschlafen. Es war noch dämmrig draußen, aber ich wollte aufstehen. Ich war sofort wieder viel zu aufgeregt – noch immer wusste ich nicht, was ich tun sollte. Natürlich wollte ich Mario nicht seinen Wunsch abschlagen, obwohl ich eigentlich keine große Lust verspürte zu verreisen, aber andererseits war ich auch sauer auf ihn.

Bevor ich ins Bad ging, warf ich mir schnell meinen Morgenmantel über und schlich Richtung Küche. Ich hatte Angst davor, wie sie wohl aussah, was mich erwartete – noch ein Schlachtfeld oder gar eine Baustelle? Ganz langsam öffnete ich die Tür und spähte in den Raum. Ich war begeistert von dem, was ich da erblickte. Hardy hatte jede Spur seines Tuns beseitigt. Die Küche glänzte und strahlte. Ich tänzelte um den Tisch herum und freute mich.

Als ich mich nochmals im Kreis drehte, traf mein Blick das Fenster. Sofort hielt ich inne. Was war da? Da stand doch irgendeine Person vor dem Fenster. Ich glaubte, ein Gesicht zu erkennen. Jemand starrte von draußen in die Küche. Und dieser Jemand war Mario. Ich schüttelte mich. Das schemenhafte Gesicht war verschwunden.

Aber ganz sicher, ich hatte gerade Mario gesehen!

Fünf

Wir standen uns in zwei oder drei Metern Abstand gegenüber und glotzten uns sprachlos an. Ich hatte immer mal wieder gerüchteweise gehört, dass der kleine, dicke Capello heimlich und verbotenerweise auf Wildschweinjagd geht. Freilich hatte er das in aller Öffentlichkeit vehement bestritten. Er sei gegen Waffen aller Art, und außerdem würde er nur in großen Ausnahmefällen überhaupt Fleisch essen. Capello ist der Briefträger des Dorfes, ein Mann, den alle kennen und der wiederum auch alle kennt. Er ist erstaunlicherweise der Einzige seines Namens hier, und ich weiß auch nicht, ob und wie er mit den anderen verwandt ist. Er ist der Ehemann von Angela, einer Frau, die ihrem Vornamen keinerlei Ehre macht, gilt sie doch allgemein als ziemlich kratzbürstig. Mehr kann ich zu ihr nicht sagen, weil ich um sie lieber einen weiten Bogen mache. Vielleicht sind das aber auch alles nur gemeine Gerüchte. Die beiden haben sich vor vielen Jahren in Deutschland kennengelernt. Sie waren für eine gewisse Zeit als Gastarbeiter dort gewesen – gearbeitet hatten sie, soweit ich weiß, in einer Pizzeria.

Ich nestelte an meinem Morgenmantel herum und fuhr mir mit fahriger Hand durch meine Haare, die beim Laufen ziemlich in Unordnung geraten waren. Außerdem war ich natürlich noch völlig ungeschminkt. So wäre ich normalerweise keinesfalls aus dem Haus gegangen, aber nachdem ich glaubte, Mario vor dem Fenster gesehen zu haben, war ich ohne zu zögern losgestürmt. Zwar war er verschwunden, nicht mehr zu sehen, als ich aus dem Haus kam, aber ich dachte, er könnte über die Kuppe in Richtung des kleinen Wäldchens gerannt sein. Welch eigenartige Idee! Warum sollte Mario sich heimlich an sein eigenes Häuschen schleichen, während er andererseits behauptete, Tausende von Kilometern entfernt in seiner alten norddeutschen Heimat zu sein? Aber bei mir ist es manchmal so, dass ich den richtigen Punkt zur Umkehr verpasse und dann einfach weiterrenne. Das war schon als Kind so. Einmal glaubte ich, meine Mütze in der Eisdiele vergessen zu haben. Also nichts wie zurück. Ich war so mit Rennen beschäftigt, dass ich meiner Freundin gar nicht zuhörte, die völlig außer Atem neben mir rannte und auf mich einredete. Ich rannte und rannte. So erfuhr ich erst später, dass ich die Mütze auf dem Kopf hatte.

Capello sah in seinem viel zu großen, grünen Umhang, darunter die gelben schmutzigen Gummistiefel, ziemlich lächerlich aus. Aber wahrscheinlich machte ich in meinem etwas ausgewaschenen Morgenmantel und den Schlappen, die mir Mario geschenkt hatte, auch keinen besseren Eindruck. Während wir uns also gegenüberstanden und erst mal anschwiegen, ging, hinter Capellos Rücken, über dem Meer die Sonne auf. Es war ein herrlicher Sonnenaufgang, ein Traum für jeden Romantiker.

»Was machen Sie denn hier, Capello?«

»Das wollte ich Sie auch gerade fragen. Was machen Sie hier, um diese Zeit?«

»Ich habe jedenfalls keine Waffe über der Schulter.«

»Die gehört mir gar nicht.«

»Aber Sie haben sie über der Schulter.«

»Das stimmt.«

Capello versuchte, die Waffe hinter seinem Rücken mehr oder weniger zu verstecken, und spielte dann nervös mit beiden Händen.

»Was halten Sie von dem Vorschlag, Signora Else, dass wir zwei uns einfach nicht gesehen haben? So erfährt niemand, dass Sie frühmorgens im Schlafanzug …«

»… im Morgenmantel!«

»… wie auch immer – dass Sie hier durch die Landschaft laufen.«

»Und Sie mit einer Waffe, die Ihnen gar nicht gehört, unterwegs sind.«

Er nickte. Ich nickte. Der Vorschlag schien mir Sinn zu machen. Dennoch hatte ich Lust auf eine kleine Nachfrage.

»Aber geschossen haben Sie noch keins? Kein Wildschwein?«

»Nein, natürlich nicht. Ich würde nie auf ein Tier schießen.«

Jetzt war ich doch erstaunt. Was sollte dann der ganze Aufzug mit der Jägerkluft? Capello muss mir angesehen haben, dass ich mehr wissen wollte.

»Ich sag immer nur meiner Frau, dass ich zur Jagd gehe, damit ich ein bisschen Zeit für mich habe. Die morgendliche Ruhe genießen kann. Sie haben ja keine Ahnung, was sonst bei mir zu Hause immer los ist.«

»Gerüchteweise schon.«

Er nickte verstehend. Ich hakte noch einmal nach, mir ließ die Geschichte, sein morgendliches Erscheinen, einfach keine Ruhe.

»Aber wenn Sie noch nie ein Tier, nie ein Wildschwein, geschossen haben, fragt Ihre Frau denn nicht danach? Die will doch sicher wissen, was Sie so erlegt haben.«

»Am Anfang hat sie schon nachgefragt, inzwischen hat sie es jedoch aufgegeben. Im Grunde genommen hält sie mich für einen kompletten Versager.«

Nach einer kleineren Plauderei, in der wir in der Folge lieber unverfänglichere Themen suchten, wie das Wetter im kommenden Monat oder den Schwarzbau des Bürgermeisters, verabschiedeten wir uns wieder. Ich raffte meinen Morgenmantel hoch, so dass er nicht bis zum Boden reichte und ich besser laufen konnte. Dieser Ausflug in die Natur war zwar völlig unsinnig gewesen und meine Beobachtung Mario betreffend offenbar pure Einbildung, und doch hatte er etwas Positives bewirkt.

Während mir der Salzwind vom Meer kommend um die Nase blies, fällte ich eine Entscheidung: Ich würde mit Hardy zusammen nach Norden fahren – zu Mario. Ich wollte nicht weiter alleine hierbleiben! Mein Freund fehlte mir. Und ich hatte etliche Fragen an ihn. Im Gehen ballte ich meine Hände zu Fäusten.

Als ich mich dem Häuschen allmählich näherte, sah ich Hardy vor dem Vordereingang stehen, wie er etwas seltsame Übungen machte. Es sah aus wie Tai-Chi. Auf jeden Fall waren seine Bewegungen ruhig und kontrolliert. Aus noch sicherer Entfernung beobachtete ich ihn eine Weile unbemerkt, dann schlich ich um das Haus herum und nahm den Hintereingang. Ich wollte lieber nicht erklären, warum ich schon so früh am Morgen unterwegs gewesen war.

Und so trafen Hardy und ich uns erst später. Bei einem kleinen Frühstück beschlossen wir, am folgenden Tag aufzubrechen. Es gab einiges vorzubereiten. Ich musste packen, die Möbel und Marios Sachen mussten aufgeladen werden und so weiter.

Noch am selben Tag versuchte ich ein weiteres Mal, Mario auf seinem Handy zu erreichen. Wieder vergeblich. In meiner Verzweiflung, vor der Abfahrt nicht persönlich mit ihm sprechen zu können, verfiel ich auf einen anderen Gedanken. Ich fand eine Festnetznummer heraus, nämlich die Nummer von der Wohnung, in der noch seine Frau und vielleicht nun sein ehemals bester Freund wohnten. Jener »beste« Freund, der sich gemein und hinterhältig in Marios Leben und Ehe eingemischt hatte.

Ich brauchte geschlagene fünf Minuten Anlauf, um mich endlich durchzuringen, diese Nummer zu wählen. Nervös tippelte ich dann von einem Bein aufs andere – wie in der langen Schlange vor der einzigen Damentoilette auf einem großen Volksfest.

Was erwartete ich überhaupt?

»Hallo«, sagte die Frauenstimme am anderen Ende der Leitung – keinen Namen.

»Auch hallo, wer ist denn da?«

»Was wollen Sie denn?«, tönte es ungehalten anstatt einer Antwort.

»Ich … ähm … ich würde gerne mit Mario sprechen.«

»Und wer sind Sie?«, bohrte die Stimme nach.

»Eine Freundin.«

Warum auch sollte ich jemandem, der sich selbst nicht zu erkennen gab, mehr verraten?

»Und Namen haben Sie keinen?«

Ich zuckte zusammen.

Das Telefonat nahm einen anderen Verlauf, als ich es mir gewünscht hatte. Ich wollte nicht zu viel sagen, denn – so fiel es mir in dem Moment siedend heiß ein – vielleicht hatte Mario seiner Frau, seiner Exfrau, wie auch immer, ja verschwiegen, dass er überhaupt in der Gegend seiner alten Heimat war. Dann hätte ich ihn ungewollt verraten.

Ich räusperte mich zweimal kurz und sagte dann: »Entschuldigung, falsch verbunden.«

Sogleich drückte ich das Telefonat weg und legte das Telefon zur Seite. Ich war zugleich traurig und sauer.

Am nächsten Tag, ganz in der Früh, fuhren wir mit dem vollgepackten Bus los. Mir kam es vor wie eine Fahrt ins Ungewisse. Noch hatte ich nicht den Hauch einer Idee, was es mit Mario auf sich hatte.

Sechs

Mir war es anfänglich ganz recht, dass Hardy sich wie selbstverständlich hinters Steuer des VW-Busses zwängte. Er musste bei seiner Größe den Kopf leicht zu einer Seite neigen, um von der Höhe her überhaupt Platz zu haben. Ich dagegen hatte meine liebe Mühe, über das Armaturenbrett nach vorne blicken zu können. Um mir das zu erleichtern, hatte ich mir angewöhnt, zwei dicke Bücher – wie etwa Telefonbücher – als Erhöhung übereinander auf den Sitz zu legen. Kissen sind mir zu weich. Ich versuchte, das spöttische Grinsen im Gesicht von Hardy zu übersehen. Wenigstens tat er mir den Gefallen, keinen Spruch loszulassen.

Der Bus war von uns beiden bis auf den letzten Zentimeter vollgepackt. Allein schon die Erfüllung von Marios Wunschliste hatte sehr viel Platz beansprucht. Hinzu kam, dass auch ich einige Dinge mitnahm, an denen mein Herz hing. Ich wusste ja nicht, wann ich wieder zurückkommen würde. Zudem hatte ich gewisse Sachen einfach ganz gerne bei mir.

Ganz besonders eine kleine Kiste aus Holz, die Robert und ich vor vielen Jahren einmal auf einer Reise erstanden hatten. In diese Kiste habe ich im Laufe der Jahre immer wieder Kleinigkeiten gesteckt, wie etwa Rechnungen von außergewöhnlichen Restaurantbesuchen, Eintrittskarten von wunderbaren Konzerten oder einfach nur Papierschnipsel mit besonderen Bemerkungen drauf, Bierdeckel und so weiter. Ich nenne diese Kiste meine »Kruschtelkiste« – in ihr sammle ich mein Leben, meine Erinnerungen, meine Gedanken.

Ich habe immer die Vorstellung, eines Tages, wenn ich mal alt bin, die Kiste an einem gemütlichen Abend aufzumachen und zu durchforsten. Das habe ich bis heute noch nicht gemacht. Vielleicht bin ich einfach noch nicht alt genug.

Der klapprige VW-Bus war so schwer bepackt, dass er noch viel langsamer war als sonst schon unbeladen. Hardy fluchte hinter dem Steuer leise vor sich hin. Das störte mich weniger – schlimmer war, dass er nicht wahrhaben wollte, *wie* langsam der Wagen war, und er seine Fahrweise kein bisschen anpasste. Er fuhr so riskant, als wären wir in einem spritzigen Sportwagen unterwegs. Wenn er meinte, einen Lastwagen überholen zu müssen, der nur unwesentlich weniger Tempo hatte als wir, setzte er dennoch zum Überholen an. Und das auf der Landstraße! Das machte er auch, wenn eigentlich klar war, dass der ganze Überholvorgang mindestens zwei bis drei Kilometer brauchen würde, andererseits die nächste uneinsehbare Kurve in wohl nicht mal einem halben Kilometer Entfernung auszumachen war.

»Herrschaft, Hardy, sind Sie wahnsinnig?«

»Ich heiße Hans.«

»Darum geht es nicht. Wollen Sie uns beide ins Jenseits katapultieren?«

»Nein, ich überhole.«

»Aber dazu brauchen Sie eine halbe Stunde bei dem Tempo.«

»Halten Sie die Luft an, dann sind wir schneller!«

Meine Hände verkrampften sich. Hardy versuchte, das

Gaspedal noch weiter durchzutreten, obwohl es schon bis zum Anschlag durchgetreten war. Dann ging er dazu über, durch Bewegungen seines Oberkörpers vor und zurück irgendwie unseren Wagen schneller machen zu wollen. Ein lächerliches und völlig unsinniges Unterfangen! Ich wollte etwas sagen, aber er kam mir zuvor.

»Ich muss mich konzentrieren, also besser, wenn Sie mich in Ruhe fahren lassen.«

»Ich will aber nicht sterben. Nicht hier und nicht heute.«

»Es passiert schon nichts. Vertrauen Sie mir.«

»Wie soll ich Ihnen vertrauen? Wenn ich nach vorne schaue, dann sehe ich überhaupt nichts. Da kann uns jeden Augenblick einer um die Kurve entgegenkommen.«

»Papperlapapp!«

Wir fuhren nun langsam auf der Höhe des Lastwagens, den wir zu überholen versuchten. Ich warf einen Blick nach rechts zu der Fahrerkabine des LKWs. Ich hoffte, mit einem Lächeln den Fahrer vielleicht dazu bewegen zu können, etwas vom Gas zu gehen, und uns somit das Überholen zu erleichtern. Doch der Mann hatte weder Augen für mich noch überhaupt für unser Auto neben ihm: Während er seinen Brummi lenkte, las er in einer Zeitung, die er vor sich über dem Lenkrad ausgebreitet hatte! Der Anblick, der sich mir bot, setzte der ganzen Situation die Krone auf. Ich war jetzt zu geschockt, um noch normal weiteratmen zu können. Nachdem ich ein paarmal wie ein Fisch über Wasser nach Luft geschnappt hatte, fing ich zu röcheln an. Die Kurve befand sich nun keine hundert Meter mehr vor uns, und wir waren mit dem LKW neben uns immer noch auf gleicher Höhe. Ich schrie.

»Fahren Sie nach rechts!«

»Das geht nicht, da fährt einer neben mir. Sehen Sie das nicht?«

Ich hätte mich übergeben können, mehr aus Angst als davon, dass ich es hasse, wenn mir jemand so frech kommt. Zweifelsohne war mir klar, dass Hardy nicht sofort nach rechts hätte lenken können! Aber er hätte bestimmt bremsen, sich zurückfallen lassen und hinter dem Laster wieder einscheren können. Am liebsten hätte ich ein weiteres Mal geschrien, brachte aber keinen vernünftigen Ton mehr heraus, sondern nur noch dieses halb stumme Röcheln.

Ich schloss die Augen und zählte leise vor mich hin. Warum ich zählte, weiß ich nicht. Wohl eine unsinnige Art des Versuches, mich zu beruhigen. Mittlerweile hatte ich nicht nur Angst, ich hatte richtig Panik, dass mit einem großen Knall gleich alles vorbei sein könnte. Neben mir hörte ich Hardy auf den langsamen VW-Bus schimpfen. Das Schimpfen ging nahtlos in einen Hustenanfall über. Ich öffnete die Augen – noch war der Laster rechts neben uns. Ganz schnell machte ich meine Augen wieder zu und versuchte, mich mit anderen Gedanken abzulenken.

Der Abschied von meinem geliebten Häuschen, unserem Dorf und all den neuen Freunden und Bekannten war mir nicht leichtgefallen. Auch wenn es kein Abschied für immer sein sollte, so spürte ich doch in meinem Innersten, dass sich mit dieser Fahrt, mit dieser Reise, viel ändern könnte. Ich habe in meinem Leben selten zu esoterischen Überzeugungen geneigt, obwohl – einige Gedanken in diese Richtung verfolge ich schon, ich würde sie wohl anders benennen.

So glaube ich zum Beispiel fest an ein Leben nach dem Tod, zumindest daran, dass die Seele weiterlebt. Wie sagt man? Irgendwas kommt dann noch. Und weil ich davon überzeugt bin, lebt auch Robert für mich weiter. Nicht nur in meinen Gedanken und in meinem Herzen, sondern auch ganz reell, eben in der jenseitigen Wirklichkeit – wie auch immer sie aussehen mag. Es vergeht kein Tag, an dem ich nicht ein paar Worte mit ihm wechsle, wobei ich laut vor mich hin spreche, will ich doch, dass er mich auch wirklich versteht, und das Jenseits ist nicht gerade um die Ecke. Dabei habe ich allerdings nicht vergessen, dass Robert mich vielleicht längere Zeit mit meiner besten Freundin betrogen hat oder es zumindest vorhatte oder einen Gedanken daran verschwendet hat. Doch ich habe ihm verziehen. Bei Elisabeth, jener ehemals besten Freundin, weiß ich nicht, ob ich dazu jemals in der Lage sein werde … zu verzeihen. Und es gibt noch einen Grund, warum ich zu Robert im Jenseits laut spreche: Ich kann mich einfach besser konzentrieren, wenn ich etwas nicht nur gedanklich, sondern laut formuliere. Natürlich achte ich darauf, dass mich niemand dabei hören kann, will ich doch vermeiden, dass mich andere Menschen für verwirrt oder geistig nicht mehr ganz auf der Höhe halten. Wer weiß, wo das sonst noch endet? Ich will gewiss nicht die letzten Jahre meines Lebens in einer Gummizelle verbringen.

Also, der Abschied am Abend zuvor verlief herzlich und warm. Komisch, dass man erst richtig merkt, was man an jemandem oder einer Sache hat, wenn man es zu verlieren droht.

Der Nachbar Maroni wollte sich um das Häuschen kümmern, einen Schlüssel hatte er schon seit einiger Zeit. Sogar von Fellini, der Dogge, verabschiedete ich mich, die ich ins Herz geschlossen hatte, obwohl sie allein wegen ihrer riesigen Gestalt eine immerwährende Gefahr für die körperliche Unversehrtheit meiner Winzigkeit darstellte.

Hardy, den ich den anderen gegenüber nur kurz vorstellte – er selbst wollte sich auch lieber zurückhalten –, wurde dennoch allgemein interessiert beäugt. An den Stirnfalten und in den Augen der Dorfbewohner konnte ich lesen, was sie dachten: Wer ist dieser Mann? Ist das etwa der neue Freund von Oma Else? Nicht einer, sondern *der*? Ich trug nichts zur Aufklärung bei, weil ich damit zu kämpfen hatte, aufkommende Tränen zu unterdrücken. Sollten sie doch denken, was sie wollten! In meinem Alter? Kaum vorstellbar, dass es überhaupt noch einen Partner für mich geben sollte. Und wenn – dann hätte ich ganz bestimmte Vorstellungen. Ich würde meine letzten Jahre nicht an irgendwen vergeuden. Das war wohl der eigentliche Grund, warum ich mich zu Hardy gar nicht weiter äußerte. Es erschien mir so abwegig, dass wir beide ein Paar sein könnten: dieser freche, etwas ungehobelte Kerl und ich.

Es war dann noch weit vor Morgengrauen, dass wir uns auf den Weg machten. Immerhin hatten wir viele, sehr viele Kilometer vor uns.

Daran, dass ich die Geschichte unserer Reise nach Norden weitererzählen kann, merken Sie, dass wir den Überholvorgang letztlich überlebt haben. Auch wenn uns in der eben erwähnten Kurve, wie von mir befürchtet, plötzlich ein Kleinwagen entgegenkam. Dessen Fahrer wich so weit nach rechts auf den Randstreifen aus, dass wir um Millimeter einen Zusammenstoß vermeiden konnten. Just in dem Moment hatte ich zufällig für den Bruchteil einer Sekunde ein Auge geöffnet und konnte so – glauben Sie es mir! – in den Augen des

Kleinwagenlenkers Todesangst aufblitzen sehen. Das war in der Tat nicht das, was ich gerade sehen wollte, und ich schloss das eine Auge sofort wieder.

Hardy hörte ich immer lauter fluchen, und einmal hat er sogar aus dem offenen Fenster gespuckt. Ich finde, Spucken gehört sich nicht. Und erst recht nicht im Beisein einer Dame.

Nach einer weiteren brenzligen Situation bestand ich darauf, dass Hardy unverzüglich rechts ranfahren sollte. Er weigerte sich. Klar, was anderes hätte mich auch überrascht. Ich wiederholte meine Drohung lautstark, seine Weigerung wurde schwächer, und schließlich hatte ich mich nach dem dritten Anlauf durchgesetzt. Somit hoppelten wir auf den nächstbesten Parkplatz – einen Schotterparkplatz, auf dem außer uns niemand war. Das heißt – bis auf einen älteren Motorradfahrer, der neben seiner Maschine auf einer Bank saß und eine selbst gedrehte Zigarette rauchte. Kaum dass ich ausgestiegen war, starrte der Mann zu uns, vor allem zu mir herüber. Ich erwiderte seinen Blick nicht, konnte es aber nicht lassen, beiläufig auch mal zu ihm zu schauen, was er sofort bemerkte. Wie peinlich. Nach seinem Aussehen zu urteilen hatte dieser Motorradfahrer etwas von Jack Nicholson.

In der Zwischenzeit fuhr übrigens – ganz langsam – der Lastwagen an uns vorbei, den wir kurz zuvor mit so viel Mühe überholt hatten.

Hardy war ob meiner Schimpftirade hinsichtlich seiner Fahrweise beeindruckt. Schließlich habe ich jedoch durch sie etwas erreicht, was ich eigentlich gar nicht wollte: Für die Weiterfahrt sollte ich mich statt seiner hinters Lenkrad setzen, so sein Vorschlag.

Ich fahre nicht gerne Auto, habe auch keine Fahrpraxis,

wenn man mal von meinen kleinen Spritztouren mit dem Moped absieht. Aber ich besitze einen Führerschein – auch wenn ich dazu seinerzeit vier Anläufe gebraucht habe. Ich hasse es geradezu, hinter dem Steuer eines Autos zu sitzen! Doch in diesem Fall konnte ich nicht anders, ich kam nicht drum herum, ab hier den VW-Bus zu lenken; so weit – zu weit – hatte ich mich aus dem Fenster gelehnt.

Den Rest der Pause auf dem Schotterplatz gingen Hardy und ich uns aus dem Weg. Ich ließ meine Beine von einer Brücke über einen Bach baumeln, während Hardy sich zu Jack Nicholson setzte und diesen um eine Zigarette anschnorrte. Auch noch rauchen, oje! Das aber auf keinen Fall im Wagen – so viel stand für mich fest.

Als ich einstieg und mich auf den Fahrersitz fallen ließ, konnte ich mich nicht zurückhalten und warf Nicholson noch einen Blick zu. Heimlich, wie ich hoffte. Freilich erwischte er mich wieder und winkte mir lässig lächelnd zu. Ich weiß nicht mehr, wie genau ich darauf reagiert habe – ich war viel zu beschäftigt, nicht rot zu werden. Als ob man so etwas beeinflussen könnte! Nach einem Mann hatte ich mich schlichtweg schon lange nicht mehr umgedreht. Ich musste in mich hineinschmunzeln, sobald mir das bewusst wurde.

Dann ging unsere Fahrt weiter – jetzt mit mir am Steuer. Meine Hände umklammerten das Lenkrad, so fest es ging. Vor Aufregung waren sie klatschnass, so dass sie immer wieder abzurutschen drohten. Ich starrte konzentriert nach vorne, auf meinen Büchern sitzend, knapp über das Armaturenbrett hinweg. Aus den Augenwinkeln heraus konnte ich aber dennoch Hardy neben mir beobachten, wie er beide Arme hinter dem Kopf verschränkt hatte. Er grinste.

»Was gibt es denn zu grinsen?«, erkundigte ich mich.

»Nichts.«

»Sie grinsen doch! Passt Ihnen mein Fahrstil etwa nicht?«

Hardy spielte mit seinen klobigen Fingern, während er seinen Kopf zu mir neigte.

»Haben Sie schon mal einen Blick auf den Tacho geworfen?«

»Aber natürlich. Ich werfe immer mal wieder einen Blick auf den Tacho.« Was sollte diese blöde Gegenfrage?

»Und wann das letzte Mal?«

Ich verkniff mir eine Antwort und schaute auf den Tacho. Die Nadel zeigte gerade mal dreißig Stundenkilometer an – mit Tendenz nach unten. Das hieß, ich wurde immer langsamer. Offenbar war ich kurz davor, mitten auf der Straße stehen zu bleiben. Hektisch warf ich einen Blick in den Rückspiegel. Gott sei Dank war niemand hinter uns, ich hatte keinen Stau verursacht, niemanden behindert! So gab ich Gas und drückte das Pedal ganz nach unten durch.

»Wissen Sie, dass ich Sie richtig süß finde?«

»Was soll denn das werden? Ein Kompliment?«

»Hätten Sie denn gerne eins?«

»Von Ihnen bestimmt nicht!«

»Was haben Sie denn eigentlich gegen mich? Bleiben Sie doch mal ein bisschen locker!«

»Ich würde mich jetzt gerne aufs Fahren konzentrieren.«

Ich war so aufgeputscht und zappelig, dass ich fast von den beiden Telefonbüchern rutschte, auf denen ich saß. Hardy bemerkte es.

»Soll ich Ihnen helfen?«

»Ja, das können Sie.«

»Und wie?«

»Indem Sie schweigen.«

Er hob theatralisch beide Arme. Mir tat es ein bisschen leid, dass ich ihn so angefahren hatte.

Der Bulli hatte nun etwa sechzig Sachen drauf, hin und wieder überholten mich andere Autos hupend, und mancher Fahrer gestikulierte. Aber viel schneller ging die Kiste einfach nicht. Zumindest nicht, wenn wir uns eine leichte Steigung hinaufkämpfen mussten. Bergab sah die Sache schon anders aus – mit etwas Anlauf konnte der Wagen knapp über hundert Stundenkilometer erreichen, wobei dann allerdings die Tachonadel zitterte wie die Hand eines Alkoholikers und das ganze Gefährt Geräusche von sich gab wie eine Düsenmaschine bei einer Vollbremsung mit Schubumkehr. Nur dass sich im Bus nicht irgendwelche Gepäckfächer über einem öffneten – in Ermangelung derselben –, dafür konnte einem vorne durchaus mal die Sonnenblende vor die Füße fallen.

Ich gewöhnte mich ans Fahren, und nach einer Weile fühlte ich mich auch schon einen Tick sicherer. Ja, es machte mir sogar ein wenig Spaß. Ein kleiner Seitenblick zu Hardy – und schon meinte er, etwas sagen zu müssen.

»Na also, Sie lernen es ja noch!«

So eine Unverschämtheit! Da ich den Wagen gerade über eine Kuppe lenkte und sich vor mir eine lange Gerade – bergab – öffnete, gab ich richtig Gas. Hernach kurbelte ich die Seitenscheibe herunter, um mir durch das offene Fenster den Fahrtwind um die Nase wehen zu lassen. Meine Haare wurden durcheinandergewirbelt, und auch Hardy hatte mit seinen Strähnen zu kämpfen, wie ich genüsslich feststellte. Er lachte. Er lachte mich an.

»Ich wollte nicht gemein sein, ehrlich nicht.«

Ich hatte den Eindruck, dass sein Lachen nun ein aufrichtiges und offenes Lachen war. Also lachte ich mit. Hardy tat es mir gleich und kurbelte seine Scheibe herunter, und der kühle Wind pfiff durch das Wageninnere. So bretterten wir weiter, und die Tachonadel bewegte sich nach oben.

Der Bus dröhnte und vibrierte, als plötzlich Hundegebell zu hören war. Ich blickte neben mich, zu Hardy, dann auf die Mittelkonsole. Von dort kam das Bellen. Es wurde lauter und lauter. Es kam von Hardys Handy, das er dort abgelegt hatte. Hardy wurde angerufen – und wie mir ein Blick auf das Display klarmachte, von Mario.

Ja, dort stand ganz klar »Mario«! Während er also für mich nicht zu erreichen war und mich auch nicht mehr anrief, rief er von sich aus Hardy an. Ich wurde richtig sauer und blickte zu Hardy. Der machte jedoch keine Anstalten, das Gespräch anzunehmen.

»Wollen Sie nicht rangehen?«

»Wollten Sie sich nicht lieber aufs Fahren konzentrieren?«

»Ich hatte zuerst eine Frage gestellt.«

Dabei blickte ich ihn herausfordernd an. Ich hatte kein Auge mehr für die Straße vor mir. Das hatte dafür Hardy in diesem Moment. Seine Augen weiteten sich, seine Lippen begannen zu beben, und da brach es aus ihm heraus: »Verdammte Scheiße!«

»So was sagt man nicht.«

»O doch …«

Seine Stimme war jetzt ganz hoch, überschlug sich fast. Er fuchtelte mit den Armen und deutete hektisch nach vorne. Das alles machte mich mehr als nervös, zumal das Handy immer weiterbellte.

Plötzlich langte Hardy zu mir herüber und wollte mir in den Lenker greifen.

»Finger weg! Sind Sie verrückt geworden?«, wies ich ihn zurecht. So was konnte ich gar nicht leiden – es erinnerte mich an meine wenig erbauliche Fahrschulzeit.

»Ich bin nicht verrückt, aber Sie ...«

»Nehmen Sie Ihre Hände da weg!« Was sollte dieser Unfug?

»Sehen Sie denn nicht ...?«

Speichel floss inzwischen aus seinen Mundwinkeln, und er stammelte nur noch.

Ich schaute nach vorne und merkte, dass die Gerade ein Ende haben würde – und zwar bald, in etwa dreißig Metern. Und was dann kam, war eine enge Rechtskurve. Eine sehr enge Kurve.

»Ah ...«

Mehr brachte ich nicht heraus.

Hardy und ich balgten uns noch etwas linkisch um das Lenkrad, und schon schoss der VW-Bus geradeaus – erst über den Seitenstreifen, dann über die Böschung. Wir hoben ab und flogen. Wahrscheinlich nicht so lange, wie es mir erschien. Für mich waren es gefühlte Minuten, die wir in der Luft waren. Der Aufprall, so meine Gedanken, müsste gleich furchtbar hart werden. Doch es gab keinen richtigen Aufprall, es gab nur eine Art Landung – mit einem satten Platschen – es spritzte links und rechts, nein, es schoss Wasser in die Höhe. Wir schwammen auf einem kleinen Teich wie eine Ente. Aber wir sanken nicht.

Hardy lachte auf.

»Tolle Landung. Alle Achtung!«

»Alles nur, weil Sie mir in den Lenker gegriffen haben.«

»Das ist jetzt nicht Ihr Ernst. Das hier ist ganz alleine Ihre Leistung.«

»Reden Sie sich nur raus.«

Ich wusste, dass Hardy Recht hatte, wollte das aber nicht so ohne weiteres zugeben. Also wich ich seinem Blick aus und schaute zum offenen Seitenfenster hinaus. Am Ufer des Teiches saß ein Mann im Campingstuhl neben einem Wohnwagen. Er war so eine Art Weihnachtsmann. Na ja, jedenfalls trug er eine lange rote Mütze mit weißem Futter, das hervorlugte.

Der Weihnachtsmann hatte eine Flasche Bier in der Hand und bekam den Mund nicht zu, als er zu uns herüberblickte. Es war ein anscheinend nicht sehr großer Mann, schmächtig, mit – wie ich selbst über die Entfernung hin erkennen konnte, besser: erahnen – traurigen Hundeaugen.

Sieben

Da war er wieder, dieser Traum.

Es war ein Traum, den ich schon seit einiger Zeit immer mal wieder träumte. In ihm sah ich schöne Bilder von herrlichen Landschaften, und ich hörte dazu eine wunderbare, tiefe Stimme, die mir einen angenehmen Schauer den Rücken hinunterlaufen ließ und an deren Klang ich mich erfreute. Noch nie hatte ich allerdings den Mann selbst wahrgenommen, zu dem diese herrliche Stimme gehörte. Sein Erscheinungsbild blieb mir verborgen. Was hätte ich darum gegeben, endlich ein Gesicht zu diesem schönen Gesang erkennen zu dürfen?

Aber auch so hatte ich ein Gefühl von Leichtigkeit, das mich umgab. Ich flog wie von unsichtbaren Händen getragen durch die Lüfte. Wie ein Zeppelin glitt ich am Himmel entlang, während dieser Gesang mich begleitete.

Dann wachte ich auf.

Es war halbdunkel um mich herum. Durch ein schmales Fenster drang etwas Licht herein, soweit der geblümte Vorhang dies zuließ. Auch von der anderen Seite, wo sich ebenfalls ein Fenster mit Vorhang befand, fiel gedämpft Licht ein.

Immer wenn man in einem Raum aufwacht, den man nicht kennt, braucht man eine gewisse Zeit, um sich zu orientieren. Als mein Mann Robert und ich einmal in einer kleinen Pension irgendwo unterwegs Station machten, musste er nachts raus. Statt ins Bad zu gelangen, trat er schlaftrunken in den Flur – und zog die Tür hinter sich zu. Er bemerkte seinen Fehler, kurz bevor er sich an einem Gummibaum erleichtern wollte. Plötzlich war er hellwach. Der Weg zurück war ihm versperrt, einen Schlüssel für die Zimmertür hatte er natürlich nicht dabei. Er klopfte leise an die Zimmertür, was ich aber nicht hörte, da ich mir angewöhnt hatte, wegen seines Schnarchens mit Ohrenstöpseln ins Bett zu gehen. Statt meiner wachte die Dame im Nachbarzimmer auf – Robert hatte sein Klopfen etwas verstärkt –, lugte aus ihrem Zimmer, schloss jedoch die Tür gleich wieder panisch, als sie ein blasses Gespenst in Unterhose auf dem Flur herumgeistern sah.

In seiner Verzweiflung schlich Robert an der Rezeption vorbei in den Garten, um von dort aus in unser Zimmer zu gelangen, das im Erdgeschoss lag. Ich weiß nicht, ob jemand gesehen hat, wie er sich die Beine an den Sträuchern zerkratzte (... nachdem er wahrscheinlich irgendwo im Gebüsch – endlich! – sein kleines Geschäft verrichtet hatte). Er klopfte also nun von außen an unsere Fensterscheibe, aber ich wurde immer noch nicht wach. Schließlich gelang es ihm, das gekippte Fenster zu öffnen, das bei dem Versuch allerdings aus den Angeln glitt. Als er, das Fenster in beiden Händen, von außen in den Raum kletterte, wurde ich wach. Ich erkannte ihn nicht sofort und schrie vor Schreck auf, so laut, wie ich konnte. Kurz darauf gingen überall in der Pension die Lichter an.

Wenn man an einem ungewohnten Ort schläft, soll man sich nach dem Aufwachen erst mal orientieren, bevor man sich von der Stelle bewegt. Das war die Lehre, die wir beide damals aus Roberts unfreiwilligem Ausflug gezogen hatten.

Mir wurde bald klar, dass ich in einem kleinen Wohnwagen war. Ich lag auf einer Holzbank unter einer Wolldecke. Daneben ein kleiner Tisch. Die Bank war sehr kurz und bot nur einer winzigen Gestalt wie mir genügend Platz. Dennoch spürte ich mein rechtes Bein nicht mehr. Es war eingeschlafen. Während ich es vorsichtig mit einer Hand massierte, schaute ich mich um.

Das Innere des Wohnwagens war eine erstaunliche Mischung aus Schlichtheit, ich möchte fast sagen Kargheit, und hin und wieder einigen bunten Tupfern voller Kitsch. So waren an einer Wand allerlei Plüschtiere drapiert, alle in grellen Farben, aber hübsch anzusehen. Und von der Decke hingen Christbaumkugeln herab – in den verschiedensten Farben. Ich richtete mich langsam auf. Über der winzigen Spüle, hinter dem Tisch an der Wand, war ein Spiegel mit Goldrahmen. Ich stand auf – mein Bein war mittlerweile beinahe aufgewacht, es prickelte nur noch leicht unter der Haut – und warf einen Blick in den Spiegel, war mir aber nicht sicher, ob ich den Menschen kannte, der da vor mir stand: Ich sah ziemlich mitgenommen aus. Dagegen musste ich was tun, und ich klatschte mir deshalb etwas kaltes Wasser gegen die Wangen. Sofort fühlte ich mich besser. Nachdem ich mein Gesicht ein paarmal mit dem kühlen Nass erfrischt hatte, kam es mir wieder etwas bekannter vor. Schade, dass ich nichts zum Schminken dabeihatte, nicht mal einen Lippenstift! So konnte ich meine Renovierungsarbeiten nicht vollenden. Aber ohne wollte ich mich nicht zeigen. Ich bin eine Frau, eine Dame, und ich habe das Recht, mir selbst zu gefallen, bevor ich mich anderen zeige und gefallen will. Wieder blickte ich in den Spiegel. Dabei fiel mir jetzt ein kleiner Schriftzug auf, der auf die glänzende Fläche geschrieben war – in Rot: *Ich liebe sie!* Während ich nachdenklich auf diese Worte starrte, begannen meine Gedanken zu kreisen. Was eigentlich machte ich hier in diesem Wohnwagen? Was war passiert? Nach und nach erinnerte ich mich.

Natürlich kann ein Auto nicht schwimmen, zumindest nicht länger als ein paar Minuten – und auch unser VW-Bus ist nicht so ein Wunderding, das sich über Wasser hätte halten können. In dem kleinen Weiher direkt hinter der Straße gab es eine Art Sandbank, eine untiefe Stelle, auf der der Wagen gelandet war.

Hardy lachte nach der Landung laut und konnte schier nicht damit aufhören. Ich muss zugeben, mir steckte der Schrecken in den Knochen, und mir war zuerst überhaupt nicht zum Lachen zumute.

Der Weihnachtsmann am Ufer war unterdessen aus seinem Campingstuhl aufgestanden und in unsere Richtung losmarschiert. Er – ich schätzte ihn auf etwa Mitte vierzig – watete ins Wasser. Es stand ihm schließlich bis zu den Knien. Die ganze Zeit über starrte er uns mit offenem Mund an.

Hardy hörte endlich auf zu lachen, warf mir einen kurzen Blick zu und wandte sich dann an den Weihnachtsmann. Er rief zu ihm hinüber: »Schönen guten Tag. Tut uns leid, wenn wir Sie gestört haben, aber vielleicht könnten Sie uns helfen!«

»Ich?«

»Ja, das wäre nett.«

Hardy zeigte auf einen kleinen Jeep, der neben dem Wohnwagen parkte. Es war der Wagen des Mannes, der mich im Übrigen an einen Schauspieler erinnerte, dessen Name mir allerdings nicht sofort einfallen wollte. Allerdings hatte ich in dem Moment auch andere Sorgen als die Namen von irgendwelchen Schauspielern. Ich drehte meinen Kopf zu Hardy und muss zugeben, dass ich hätte heulen können.

»Was machen wir denn jetzt?«, fragte ich zaghaft.

»Das ist kein großes Problem. Der Typ mit seinem Jeep da drüben, der kann uns rausziehen. Es muss halt nur schnell gehen. Sonst saufen wir vielleicht doch noch ab.«

Ich starrte ihn fragend an, wusste in dem Augenblick nicht sofort, was Hardy damit gemeint hatte. Er lehnte sich aus dem Fenster und klopfte mit der flachen Hand gegen das Blech der Autotür.

»Wenn ich das recht sehe, dann stehen wir mitten in einem Teich auf einer Sandbank.«

»Das glaube ich auch.«

»Das heißt, wenn der gute Mann uns rauszieht, dann sollte das schnell gehen, damit wir dann nicht auf dem Weg zum Ufer absaufen.«

»Aha.«

Ich schluckte und beugte mich nun ebenfalls ein bisschen aus dem Fenster.

»Meinen Sie, in dem Wasser gibt es Tiere?«

»Das merken Sie spätestens dann, wenn Sie gebissen werden. Piranhas würde ich ausschließen, aber vielleicht gibt's tollwütige Forellen?«

»Können Sie nicht ein Mal ernst sein?«

»Nein. Das Leben ist oft ernst genug.«

Ich schaute ihn genervt an. Er hielt meinem Blick stand, bis er unvermittelt wieder einen seiner Hustenanfälle bekam. Es schüttelte ihn, sein Oberkörper vibrierte, und er hielt sich mit einer Hand am Griff über dem Fenster fest. Jetzt blickte ich ihn voll ehrlicher Sorge an.

»Sie müssen mal etwas gegen Ihren Husten unternehmen.«

»Ist jetzt etwa die Zeit, mir medizinische Ratschläge zu geben?«

»Ich habe es nur gut gemeint.«

»Doch nicht jetzt!«

Ich wollte mich nicht so anschnauzen lassen und blickte demonstrativ in eine andere Richtung. Wir schwiegen und sagten nichts weiter, als wir plötzlich von der Seite her angesprochen wurden. Der Mann vom Ufer, der Campingstuhl-Besitzer mit Weihnachtsmütze, war durch den Teich bis zu unserem Wagen gewatet. Das Wasser stand ihm nun bis zur Brust, so hoch, dass ein geschwungener Schriftzug auf seinem T-Shirt gerade noch zu lesen war: »I love Christmas«.

»Guten Tag. Sie waren aber ganz schön schnell.«

Das waren die Begrüßungsworte des Weihnachtsmannes. Hardy hatte seinen Husten und sich selbst wieder im Griff, warf mir einen kurzen Seitenblick zu und antwortete: »Es war mein Fehler, ich habe ihr ins Lenkrad gegriffen.«

Sichtlich überrascht von seiner Einlassung schaute ich hektisch zwischen den beiden Männern hin und her. Das hätte ich von Hardy nicht erwartet, dass er sich sozusagen schützend vor mich stellte. Schließlich musterte ich den fast ganz im Wasser versinkenden Mann neben unserem Bus etwas genauer. Mir wurde nun klar, an wen er mich erinnerte. An einen Schauspieler, der Krol oder so ähnlich heißt. Ich war mir ziemlich sicher, auch wenn mir in diesem Fall der Vorname einfach nicht einfallen wollte. Herrn Krol machte es offensichtlich nichts aus, dass ihm das Wasser bis zur Brust stand. Er kniff die Augen zusammen.

»Verdammt schnell waren Sie.«

Um keine weiteren Diskussionen über unsere Geschwindigkeit vor dem Abheben von der Straße aufkommen zu lassen und um endlich etwas Schwung in die Sache zu bringen, entschloss ich mich, nicht weiter darauf einzugehen. Außerdem stand es außer Frage, dass wir irgendwie zu schnell gewesen waren.

Ich fragte Herrn Krol, ob er uns nicht mit seinem Jeep aus dem Schlamassel ziehen könnte. Zum Glück hatte er auch schon ein Abschleppseil dabei, das er uns stolz präsentierte. Da hatte wohl einer mitgedacht! Sein Seil verbanden wir mit unserem, so dass das verlängerte Abschleppseil gerade so quer über den Teich reichte. Der Plan war, dass ich am Steuer sitzen bleiben sollte, Hardy würde im Wasser stehend den Wagen schieben, soweit das möglich war, während Herr Krol am Steuer seines Jeeps richtig Gas geben würde. In einem Durcheinander aus aufspritzendem Schlamm, heulendem Motorengeräusch und Hardys Stimme, der immer irgendwas schrie – was ich bei dem anderen Lärm um uns herum weiß Gott nicht verstehen konnte –, schafften wir es letztendlich, den VW-Bus wieder an Land ins Trockene zu bringen.

Allerdings war der Bus auf den letzten Metern so weit abgesackt, dass das Wasser von außen gegen die Scheiben klatschte. Gott sei Dank hatten wir diese sicherheitshalber inzwischen geschlossen. In dem Augenblick, als der VW-Bus doch noch ganz unter Wasser zu geraten drohte, sah ich mich trotzdem schon ertrinken – langsam und qualvoll. Panisch hielt ich die Luft an – das mache ich, wie Sie wissen, manchmal ganz automatisch, wenn ich furchtbare Angst habe – und atmete einfach nicht mehr weiter. Das war keine gute Idee, denn schließlich fiel ich halb ohnmächtig mit dem Kopf auf die Hupe am Lenkrad. Das laute Hupen alarmierte Hardy und Herrn Krol, die mir sofort zu Hilfe eilten, um mich wieder ins Leben zurückzuholen. Ab da fehlt mir die konkrete Erinnerung, kein Wunder, ich war halb ohnmächtig, wie ich bereits erwähnte; oder war ich doch ganz ohnmächtig? Jedenfalls habe ich höchstens nur eine dunkle Ahnung davon, dass die beiden mich aus dem Wagen gezogen und mich wiederbelebt haben. Und wenn ich ganz ehrlich bin, weiß ich gar nicht, ob sich das alles wahrhaftig so zugetragen hat: Schon manchmal im Leben hat mich meine Fantasie überholt und ist vor der Wirklichkeit ins Ziel gekommen.

Eines stimmt allerdings hundertprozentig: Wir waren – mit mir am Lenkrad – über die Böschung in den Teich geflogen.

Nun – einige Zeit später – war ich in diesem Wohnwagen wieder aufgewacht und versuchte, mich im Leben zurechtzufinden. Vom Spiegel aus wollte ich zur Tür des Wohnwagens gehen, hatte aber einen kleinen Schwächeanfall und setzte mich erst mal wieder auf die Holzbank. Ich fühlte mich hundeelend. Warum war ich nicht zu Hause in meinem kleinen Häuschen geblieben? Warum musste ich mich unbedingt mit Hardy auf diese Fahrt begeben? Warum tat ich Mario diesen Gefallen, obwohl der von der Bildfläche verschwunden war und sich offensichtlich gar keine Sorgen um mich machte? Immerhin hatte er versucht, Hardy telefonisch zu erreichen – ich erinnerte mich wieder an den Anruf, kurz vor dem Unfall. Ich hätte heulen können, wollte mich aber in dem fremden Wohnwagen zusammenreißen. Wie würde es denn aussehen, wenn Herr Krol, der Besitzer des Wohnwagens, plötzlich hereinkäme? Auch in einer derartigen Situation wollte ich Haltung bewahren. Aber Mario –

der sollte etwas von mir zu hören bekommen! Hastig suchte ich nach meinem Handy und fand es in der Jackentasche.

Ich wählte Marios Nummer – und hatte natürlich wieder nur die Mailbox dran.

»Hier ist Else. Mario, ich weiß, dass Sie da sind! Warum gehen Sie nicht ran? Warum wollen Sie nicht mit mir sprechen? Ich finde Ihr Verhalten rätselhaft und auch unverschämt.«

Verärgert drückte ich den Anruf weg und legte das Handy zur Seite. Ich grummelte weiter halblaut vor mich hin und war so mit mir und meinen Vorwürfen beschäftigt, dass ich gar nicht bemerkte, wie hinter mir die Tür des Wohnwagens geöffnet wurde. Erst in dem Moment hörte ich schlagartig auf, leise zu schimpfen, als ich Herrn Krol in der nun geöffneten Wohnwagentür erblickte. Er lächelte freundlich, wenn auch etwas irritiert.

»Geht es Ihnen besser?«

»Ja, danke.«

Er lächelte weiter, betrachtete mich freundlich, derweil nestelte ich an meiner Jacke herum.

»Hören Sie, es ist nicht so, dass ich ...«

Ich suchte nach den richtigen Worten, während er mich sanft unterbrach, weiterhin lächelnd.

»Kein Problem, ich führe auch hin und wieder Selbstgespräche. Wenn man viel alleine ist, dann kann das schon passieren.«

»Ich bin aber gar nicht so viel alleine.«

Meine Worte kamen mir so harsch, weil trotzig über die Lippen, dass es mir fast schon wieder leidtat.

»Vielen Dank für alles. Ich wüsste nicht, was wir ohne Sie getan hätten.«

»Ihr Freund wartet draußen auf Sie.«

Mein Freund? Er hielt Hardy für einen Freund – meinen Freund?

»Wir sind nicht befreundet, wir sind eher … Geschäftspartner.«

»Ach so, ich dachte nur, weil …«

»Ja?! Sie können ruhig weitersprechen.«

»Nun ja, weil er also … ich meine die Mund-zu-Mund-Beatmung vorhin … da hatte ich den Eindruck …«

Ich wollte absolut nichts mehr hören und drängte durch die enge und niedrige Tür an Herrn Krol vorbei ins Freie. Er folgte mir zu Hardy, der es sich inzwischen auf einem zweiten Campingstuhl bequem gemacht hatte. Der freute sich, mich zu sehen, und meinte, dass der kurze Schlaf mir sicherlich gutgetan habe.

Als Dankeschön für seinen gelungenen Rettungseinsatz luden wir Herrn Krol später in ein Gasthaus ein, ein paar Kilometer die Straße hinunter. Es war eine kleine, sehr gemütliche Trattoria.

Herr Krol war ein unaufgeregter, freundlicher Zeitgenosse, der jedoch nicht viel von sich erzählen wollte. Aber auch ohne große Worte wurde mir klar, dass er ein großer Anhänger von Weihnachten war. Nicht nur wegen der Weihnachtsmannmütze auf seinem Kopf und den Christbaumkugeln in seinem Wohnwagen, sondern zum Beispiel auch wegen einer kleinen Schneekugel mit Tannenbaum, die er als Schlüsselanhänger hatte. Außerdem war er sowieso, so schien es, ein großer Romantiker. Keine schlechte Voraussetzung dafür, Weihnachten zu lieben.

Auch Herrn Krols Weg sollte ihn nach Norden führen, doch wohin er genau wollte, darüber schwieg er sich aus.

Meine *Scaloppine ai funghi* – das Tagesgericht auf der Karte – schmeckten im Übrigen ganz ausgezeichnet. Allerdings wurde mir das Essen ein bisschen verleidet, sobald sich ein großer Mischlingshund genau neben unseren Tisch gesetzt hatte. Der Hund ließ mich keine Sekunde aus den Augen, fixierte mich förmlich. Mit jedem Bissen, den ich zu mir nahm, wurde sein Blick vorwurfsvoller, dass ich ihm nichts abgeben wollte. Ich wollte aber nicht. Außerdem füttert man keine Hunde am Tisch.

Warum er aber gerade mich so ins Visier nahm, andererseits Hardy mit seinem Essen in Ruhe ließ? Keine Ahnung. Gut – Herrn Krols Forelle mit Tomatensalat hatte den Vierbeiner weniger interessiert. Auf jeden Fall zappelte ich bald etwas hin und her, weil das Tier mich mehr und mehr nervös machte. Doch es blieb stoisch sitzen. Und blickte mich an. Das Einzige, was sich langsam änderte, waren die Tränen in seinen Augen, die sich wie ein Schleier darüberlegten. Das Tränenmeer war wohl die Folge einer Mischung aus Trauer und Vorwurf, dass ich mein Essen absolut nicht mit ihm teilen wollte.

Zu wem der Hund gehörte, war unersichtlich. Ein Herrchen oder Frauchen war weit und breit nicht auszumachen.

Nach dem Dessert wollte Herr Krol schnell aufbrechen und verabschiedete sich noch in der Trattoria von Hardy, während ich ihn zu seinem Jeep mit dem Wohnwagen brachte. Ich hatte den Eindruck, dass ich das tun sollte – ich wollte es auch. Wir schüttelten uns lange die Hände, und er nickte mir mit großen Augen zu. Und dann tat ich etwas Überraschendes – ich weiß gar nicht, was in mich gefahren war – und fragte Herrn Krol nach seinem Ziel; ich musste an den

Schriftzug denken, den ich auf dem Spiegel in seinem Wohnwagen gelesen hatte. Meine Neugierde hatte mich im Griff wie ein Python sein Opfer.

»Sie haben sich verliebt und Sie wollen zu ihr?«

Herr Krol starrte mich daraufhin an, als wäre ich ein vieräugiges Monster und würde mich gerade in eine grüne Schleimmasse verwandeln. Er öffnete seinen Mund und wollte etwas sagen, aber heraus kam nur ein unverständliches Stottern mit Luftblasen. Je mehr er sich bemühte, umso mehr stotterte er.

Ich machte dem Ganzen ein Ende.

»Sie müssen los! Viel Glück!«

Er nickte mir zum Abschied erneut zu, irgendwie erleichtert, und eilte zu seinem Jeep. Kurz darauf bog das Gespann auf die Straße ein.

Während ich dem Wagen hinterherblickte, durchzog mich ein Gedanke. Der Gedanke ging damit einher, dass ich hektisch – immer hektischer – meine Taschen abklopfte. Wenn ich mich nicht täuschte, dann fuhr dort gerade – in einem Wohnwagen mit grellbunten Stofftieren und von der Decke baumelnden Christbaumkugeln – mein Handy in die weite Welt hinaus. Ich hatte es, wie mir da siedend heiß einfiel, in dem Wohnwagen liegen lassen. Ich schluckte und wedelte wild mit beiden Armen. Ein völlig unsinniges Unterfangen, war der Wagen doch schon viel zu weit weg! Herr Krol konnte mich im Rückspiegel seines Jeeps gewiss nicht mehr sehen. Ich hätte heulen können.

Plötzlich ein Geräusch. Neben mir schmatzte der Mischlingshund laut und voller Freude. Offenbar hatte er inzwischen woanders mehr Glück gehabt. Dann ein Pfiff, und der

Hund drehte seinen Kopf. In einiger Entfernung stand eine junge Frau, lange blonde Haare, ein Blümchenkleid bis zum Boden, einen Strohhut mit Fransen auf dem Kopf. Abermals steckte sie zwei Finger in den Mund und pfiff. Der Hund neben mir machte noch keinerlei Anstalten, sich in Bewegung zu setzen. Vielmehr schüttelte er jetzt vehement den Kopf.

»Kyra!«

Die junge Frau wurde sichtlich ungeduldig. Kyra warf mir zum Abschied einen langen Blick zu und trabte dann gemächlich zu ihrem Frauchen.

Noch einmal wandte ich mich kurz um und sah Richtung Straße – ich schaute ins Nichts. Das Wohnwagengespann, samt meinem Handy an Bord, war endgültig verschwunden. Am ganzen Körper überlief mich eine Gänsehaut – und das hatte nur bedingt etwas mit dem frühwinterlichen Wind zu tun, der justament auffrischte und um die Ecken blies.

Acht

Haben Sie sich denn wenigstens das Nummernschild gemerkt?«

»Nein, Sie?«

»Ich auch nicht.«

Hardy schüttelte den Kopf, machte ein wirklich ernstes Gesicht.

»Ich weiß nicht, wie Sie sich das vorstellen. Wie sollen wir den Mann jemals wiederfinden?«

»Aber wir wissen doch, dass er nach Norden fahren wollte«, warf ich verzweifelt ein.

»Na, dann ist ja alles ganz einfach.«

»Sparen Sie sich Ihre Ironie.«

Ganz realistisch gesehen musste ich ihm Recht geben. Die Chance, Herrn Krol wieder aufzutreiben, irgendwo an der Straße gen Norden, erschien sehr gering. Aber ich wollte es unbedingt versuchen. Auch wenn im Grunde alles dagegen sprach – irgendwie hing ich an meinem Mobilgerät.

Mir reicht es, wenn ich mit einem Handy telefonieren kann. Ich muss damit nicht surfen oder wie das heißt oder meinen Puls kontrollieren oder Eier kochen. Zum Telefonieren brauchte ich es jedoch unbedingt – schon weil ich erreichbar sein wollte. Zum Beispiel für Mario. Wie sollte er mich denn nun erreichen? Nur weil er mich bis dahin nicht angerufen hatte, hieß das doch nicht, dass er es nicht vielleicht gerade in diesem Augenblick versuchte. Und das Klingeln würde in dem Scheppern und Quietschen des Wohnwagens ungehört bleiben – außerdem wäre ja eh kein Mensch drinnen während der Fahrt, Herr Krol ist ja allein unterwegs und in seinem Jeep. Er hatte wahrscheinlich noch gar nicht bemerkt, dass da ein fremdes Handy irgendwo in seinem Anhänger blinder Passagier spielte.

Ich war, nachdem Herr Krol endgültig aus meinem Blickfeld verschwunden war, sofort zu Hardy in die Trattoria zurückgerannt. Aber er saß nicht mehr am Tisch, und auch sonst war er nirgends zu entdecken. Nach einigem Suchen fand ich ihn schließlich auf der Herrentoilette. Natürlich war ich da nicht einfach so reinmarschiert, sondern hatte mich zuvor bei einem aus der Toilette kommenden Trucker erkundigt. Es war mir auch egal, dass der am ganzen Körper überall Tätowierte trotz der Kälte nur Shorts und ein weißes, mit zahlreichen Flecken beschmutztes Unterhemd trug.

Ich sprach ihn an.

»Entschuldigung.«

»Hä?«

»Sie kommen doch gerade aus der Toilette …«

Ich gebe zu, dass diese Bemerkung als Einstieg für mein Anliegen nicht besonders intelligent war, hatte ich ihn doch gerade aus der Toilette kommen sehen. Trotzdem hätte mich der Unterhemdträger daraufhin nicht so anstarren müssen, als wäre ich eine mit Pestbeulen übersäte Hexe aus dem Mittelalter. Daneben hatte es ihm aber anscheinend noch die Sprache verschlagen. Wie sich bald herausstellte, konnte er ohnehin keinen Satz geradeaus sagen, sondern schmuggelte sich mit Ähs, Hms und Öhs durch. Als ich merkte, dass ich so nicht weiterkam, ließ ich ihn einfach stehen, drückte ohne weiteres Zögern die Klinke und betrat die Herrentoilette.

Hardy stand vor dem Spiegel, ein Papiertuch in der Hand. Er bemerkte mich nicht, als ich mich ihm langsam von hinten näherte.

»Da sind Sie ja, Hardy, ich hab Sie überall gesucht!«

Erschrocken drehte er sich zu mir um und schaute mich mit großen Augen an.

»Meinen Sie nicht, dass Sie sich verlaufen haben? Oder was wollen Sie hier drinnen?«

Er ließ das Tuch sinken, und nun sah ich, dass es voll Blut war. Schnell wollte er es hinter seinem Rücken verbergen.

»Haben Sie etwa geblutet?«

Mit seiner Antwort zögerte er einen Moment. Ich konnte sehen, wie er nach den richtigen Worten rang.

»Ich hab mir das Schienbein angeschlagen«, verkündete er schließlich.

»Und da bluten Sie unter der Hose? Lassen Sie mal sehen.«

»Was wollen Sie denn da sehen?«

»Mein Gott, jetzt haben Sie sich nicht so! Ich will Ihnen nur helfen. Ich habe Pflaster dabei.«

»Danke, das geht schon. Lassen Sie bloß Ihre Hände von meiner Hose!«

»Also bitte … was soll denn das heißen?«

»Nichts. Was ist denn so dringend, dass Sie hier auftauchen?«

Er warf das Tuch in den Abfalleimer und ging einen Schritt auf mich zu, was mich dazu brachte, automatisch einen Schritt zurückzuweichen. Hardy bekam mich dennoch mit beiden Händen an der Schulter zu fassen. Das wollte ich wiederum nicht.

»Also? Oder treiben Sie sich immer heimlich auf Männerklos rum, wenn Sie sich unbeobachtet fühlen?«

»Natürlich nicht.« Meine Stimme klang eher kleinlaut als energisch.

In dem Augenblick waren mir nämlich wieder Herr Krol, der Wohnwagen und mein entführtes Handy eingefallen. Das hatte ich in dem Durcheinander kurzzeitig glatt vergessen.

Was folgte, war nach dem kurzen Disput mit Hardy die Erkenntnis, dass es wohl wenig Chancen gab, mein Telefon wiederzubekommen. Ich wusste weder das Kennzeichen des Jeeps oder des Wohnwagenanhängers noch den richtigen Namen von Herrn Krol. Als Hardy meine Niedergeschlagenheit bemerkte, schlang er beide Arme um mich und wollte mich trösten – immer noch waren wir auf der Männertoilette.

»Es gibt Schlimmeres als den möglichen Verlust eines Handys, und noch ist nicht aller Tage Abend. Kopf hoch, und lassen Sie sich nicht unterkriegen! Also – wir lassen uns nicht unterkriegen.«

Ich schaute ihn unsicher von unten an. Einerseits war das ein richtig netter Zug von ihm, mich aufmuntern zu wollen, andererseits war Hardy kein Freund von mir. Freundschaft braucht Zeit und Nähe. In Wahrheit hatte ich nur einen Freund: Mario. Und der schien für mich – aus welchem Grund auch immer – unerreichbar. Andererseits war Hardy auch mit Mario befreundet. Seit etlichen Jahren, wie ich auf unserer Fahrt weiter gen Norden von ihm erfahren sollte.

Hardy und Mario waren einmal fast sieben Stunden zusammen in einem Aufzug eingesperrt gewesen. Es war schon nach Mitternacht, die Wahrscheinlichkeit, dass noch jemand in dem Bürohaus war, sie finden würde, war verschwindend gering. Und auf das Drücken der Notruftaste folgte nur großes Schweigen. Die Luft in der Kabine wurde immer dünner und wärmer. Deswegen bemühten die beiden Männer sich, den Schlitz in der Fahrstuhltür ein bisschen auseinanderzudrücken, um Luft reinzulassen. Aber all ihre Versuche schlugen fehl, und schließlich gaben sie auf, auch aus der Sorge heraus, dass weitere körperliche Anstrengungen ihren Luftvorrat nur noch zusätzlich verringern würden.

Zu guter Letzt saßen sie nebeneinander auf dem Boden des Aufzugs und erzählten sich aus ihrem Leben. So hatten sich Mario und Hardy kennengelernt und waren Freunde geworden.

Hardy saß nun wieder hinterm Steuer, ich neben ihm, den Kopf gegen ein Kissen gelehnt, das ich gegen die vibrierende Fensterscheibe gedrückt hielt. Der VW-Bus schnaufte mit gewohnt niedriger Geschwindigkeit durch die Nacht. Seit dem Mittagessen in der Trattoria waren wir nun schon viele Stunden unterwegs gewesen. Hin und wieder überholten uns andere Autos, und das gab uns eine Ahnung davon, wie langsam wir wirklich waren. Abgesehen davon, dass der Bus nicht schneller fahren konnte, passte die gemächliche Fahrt auch zu unserer Stimmung. Ein bisschen nachdenklich, sentimental, von der eintretenden Dunkelheit um uns herum gezeichnet.

Hardy erzählte mit stockender Stimme aus seinem Leben – bruchstückhaft, hin und her springend. Nicht nur von Mario und sich und wie sie sich kennengelernt hatten.

Nach einiger Zeit kreisten seine Worte vor allem um ein Thema, und dieses Thema hatte einen Namen: Anna.

Zuerst hatte er leichte Bedenken, das merkte ich, dann sprach er klar und ungezwungen. Ich nahm das als Kompliment.

Anna war vor vielen, vielen Jahren seine Jugendliebe gewesen, die beiden waren im selben Dorf in den Bergen groß geworden. Sie verbrachten nahezu jede freie Minute miteinander, konnten nicht voneinander lassen und wollten am liebsten in den Sternen ihre gemeinsame Zukunft lesen können. Sie begannen, gemeinsam um die Welt zu reisen. Doch eines Tages war Anna verschwunden. Hardy suchte sie überall, verließ seine Heimat, folgte Gerüchten und Hinweisen und wurde so über die Jahre zu einem einsamen Reisenden und Suchenden. Ohne jemals eine Spur von ihr zu finden. Eines Tages gab er auf. Er musste die Zukunft alleine meistern. Doch blieb Anna die große Liebe seines Lebens.

Über vierzig Jahre später traf er sie dann eines Tages wieder – in einem Zug. Sie saßen sich gegenüber, erkannten sich sofort, waren aber nicht fähig, auch nur ein Wort zu sagen. Eine fast unglaubliche Fügung des Schicksals hatte sie wieder zusammengeführt, der pure Glücksfall. Schließlich weinten sie und umarmten sich. Von da an ließen sie sich keinen Tag mehr aus den Augen.

Warum sie vor vielen Jahrzehnten einfach verschwunden war, konnte Anna ihm nie richtig erklären. Vielleicht war es ja die Angst, das Leben schon als junger Mensch gelebt zu haben, wenn man zu früh der einen großen Liebe nachgab. Hardy hatte das nie verstanden – und ich, ehrlich gesagt, verstand es auch nicht. Verstehe es bis heute nicht. Ich war froh um jede Minute mit meinem geliebten Robert und hätte keine missen wollen.

Hardy hatte ein großes Herz, und er verzieh Anna, dass

sie ihre gemeinsame Liebe so verraten hatte. Beide waren noch etliche Jahre als Paar glücklich, bis sie vor gut einem Jahr verstarb.

Es stellte sich heraus, dass sie am selben Tag und im selben Jahr wie Robert verstorben war. Welch ein Zufall! Und Hardy war genauso wie ich nach dem großen Verlust in ein großes Loch aus Einsamkeit und Perspektivlosigkeit gestürzt.

Aber so gerne ich in dieser Nachtfahrt Hardy und seinen Schilderungen lauschte, aus meinem Leben wollte ich möglichst wenig erzählen. Genau genommen wollte ich überhaupt nicht von Robert und unserer Liebe, unserem Leben erzählen. Es gibt einfach Momente, in denen ich das Zuhören mehr genieße als das Reden – das Redenmüssen. Und solche Momente gab es viele in dieser Nacht.

Außerdem wollte ich die Sprache nochmals auf Mario bringen. Robert – so groß unsere Liebe auch war – ist tot. Da bleibt mir nur die Erinnerung. Doch Mario lebt, wenn auch voller Rätsel.

»Wann haben Sie das letzte Mal mit Mario telefoniert?«, fragte ich Hardy ganz ohne Umschweife.

»Bevor wir zwei uns getroffen haben.«

»Ehrlich?«

»Ja, warum sollte ich Sie anlügen?«

»Aber er hatte doch versucht, mit Ihnen zu sprechen. Das war doch er, der Sie angerufen hatte?«

»Wie Sie wissen, konnte ich nicht rangehen. Weil wir da gerade im Anflug auf diesen Teich waren.«

Ein Schweigen machte sich zwischen uns breit, gleichwohl wollte ich noch nicht aufgeben.

»Ich habe den Eindruck, dass er mich nicht sprechen will. Wissen Sie, was da passiert sein könnte?«

»Nein.«

»Aber Sie kennen ihn doch, und Sie haben ihn gesehen. Sie haben ihn getroffen, und Sie haben mit ihm geredet. Er hat Ihnen den Schlüssel für den Wagen gegeben.«

»Ja, das stimmt.«

»Und? Hat er da auch etwas über mich gesagt?«

»Nicht viel.«

Wieder Schweigen, ich biss auf meine Unterlippe und blies meine Backen auf.

»Herrschaft, jetzt lassen Sie sich doch nicht alles aus der Nase ziehen!«

So gesprächig er vorher war, so einsilbig war Hardy nun wieder beim Thema Mario.

Im Dunkel des Wageninnern konnte ich ein leichtes Schmunzeln in seinem Gesicht erahnen. Sofort wurde mir warm, aus Ärger und weil meine Neugierde gar so offensichtlich war.

»Sie sind ganz schön neugierig, Else. Allerdings – finden Sie nicht, dass Mario doch einen Tick zu jung für Sie ist?«

»Sie sind gemein.«

»So habe ich das gar nicht gemeint.«

»Doch – haben Sie.«

»Okay, habe ich. Aber das sollte ein Scherz sein.«

»Hören Sie mich lachen?«

Er schwieg, zuckte nur mit den Schultern. Ich krallte meine Hände in das Kissen, das ich vom Fenster genommen und auf meinen Schoß gelegt hatte.

»Mario hat mir gesagt, dass Sie der wunderbarste Mensch sind, den er je getroffen hat.«

Ich schluckte, mit einem Mal wurde mein Mund trocken

wie ein Wasserloch nach einer mehrwöchigen Dürreperiode. Tränen stiegen mir in die Augen, meine Hände waren feucht geworden und spielten nervös in der Luft.

Die Lichter einiger Häuser glitten an uns vorbei. Wir fuhren gerade durch ein kleineres Dorf.

Plötzlich trat Hardy voll in die Bremse. Der Bus kam mit einem lauten Quietschen zum Stehen, und ich wurde in den Sicherheitsgurt gedrückt.

»Was ist los?«, wollte ich wissen, sobald mich der Gurt aus seinen rettenden Klauen gelassen hatte.

»Ich kann nicht mehr, mir fallen die Augen zu.«

Bei all den Erlebnissen der letzten Stunden einschließlich seiner Erzählungen war die Zeit wie im Fluge vorbeigegangen. Wir waren schon so viele Stunden auf den Beinen – respektive auf den Rädern (und eine Zeitlang auch im Wasser), und ich war wie Hardy hundemüde, auch wenn ich das seltsamerweise völlig verdrängt hatte.

Vor unserer Abfahrt hatten wir uns gar keine Gedanken gemacht, wie der Verlauf unserer Fahrt sein könnte. Nun standen wir also im Irgendwo mitten in der dunklen Nacht – in die meist flache Landschaft hatten sich inzwischen erste Berge gemischt. Das Meer lag weit hinter uns.

Hardy deutete nach vorne.

»Sehen Sie, da vorne ist ein kleiner Gasthof, da brennt noch Licht! Da ist sicher noch jemand auf.«

Wir parkten den Bus direkt vor dem Eingang.

Der dickliche Mann, so eine Art Nachtportier oder der Kellner, der gerade Feierabend machen wollte, stand wie eine Festung hinter seinem Tresen in der winzigen Rezeption und musterte uns.

»Für wie lange?«

»Für eine Nacht«, antworteten Hardy und ich unisono.

Er blickte auf das Schlüsselbrett hinter sich, leckte sich über die Lippen und öffnete den Mund so, dass ein paar Speichelfäden in der Luft hingen.

»Ich habe ein Zimmer für Sie. Aber nur noch eines. Es ist ein Doppelzimmer.«

»Nur eines?« Ich konnte mein Entsetzen kaum verbergen.

»Ja. Und bezahlt wird im Voraus.«

»Ist das Zimmer denn beheizt?«

»Noch nicht, aber Sie dürfen die Heizung aufdrehen.«

»Das ist aber sehr nett von Ihnen.«

Hardy und ich schauten uns an. Es gab also nur ein einziges Zimmer. Was nun?

Der Dicke schnaufte kurz und heftig, seine Augen verengten sich zu Schlitzen.

»Wollen Sie nun das Zimmer, oder wollen Sie es nicht?«

»Wir nehmen es«, sagte Hardy.

Ich stöhnte leise in mich hinein und ergab mich meinem Schicksal. Die Müdigkeit hatte mir nichts, dir nichts vollends von mir Besitz ergriffen.

Mein Blick unter schweren Augenlidern fiel auf einen kleinen Weihnachtsbaum, der auf dem Fensterbrett stand. Daran hingen winzige Glühbirnchen, die in schnellem Rhythmus hell blinkten – rot und weiß.

Neun

Trotz meiner Müdigkeit konnte ich nicht schlafen, meine Gedanken suchten in dem dunklen Raum nach etwas, woran sie sich festhalten könnten. Ich lauschte in die Dunkelheit, die nur von dem durch das Fenster hereinblinzelnden schwachen Licht einer entfernten Straßenlaterne gebrochen wurde. Doch sosehr ich mich auch anstrengte, ich hörte nichts. Nicht mal einen leisen Schnaufer, ein Krächzen, ein Hüsteln.

Männer schnarchen doch. Wenn ich an meinen verstorbenen Robert denke, so will ich nicht sagen, dass wegen seines nächtlichen Lärms die Wände gewackelt hätten, aber er hat es mehr als einmal geschafft, dass durch die Vibrationen seines Schnarchens nach und nach der Wecker vom Nachttisch gerutscht ist.

Von Hardy hörte ich jetzt nichts. Natürlich war der Gedanke abwegig, dass ihm im Schlaf etwas passiert sein könnte, aber andererseits ... so gar kein Geräusch?

Ich strampelte etwas unruhig unter dem dicken Federbett, unter das ich mich eingekuschelt hatte. Hier in der Region in der Nähe der großen Berge waren die Menschen schon mehr als im Süden darauf eingestellt, dass es vor allem nachts auch mal kalt werden konnte. Die Gegend um dieses Dorf war schon fast die Heimat der Murmeltiere und der Steinböcke, jedenfalls nicht die der Krabben und Grillen.

Wenn ich nicht bald einschlafen könnte, würde ich den

folgenden Tag wie gerädert dahinsiechen müssen. Oder ich müsste tagsüber ein kleines Nickerchen machen; wobei es nicht schön ist, wenn einem irgendwo mitten in der Öffentlichkeit der Kopf langsam nach vorne fällt und man vom Schlaf übermannt wird.

Hardy hatte nicht gezögert, mir anzubieten, dass ich das Zimmer alleine nehmen solle. Er wollte sich über Nacht irgendwie im VW-Bus einrichten.

Ich wusste, wie miserabel man in dem Bus schläft. Zumal so vollgepackt, wie er zurzeit war. Man könnte im Grunde überhaupt nicht schlafen – dafür war viel zu wenig Platz darin. Am nächsten Morgen wären die Gliedmaßen so versteift und ineinander verknotet, alle Muskeln verspannt und hart wie Stein, dass man ohne jeden Zweifel orthopädischen Beistand brauchte, um sich einigermaßen wieder entfalten zu können.

Mario und ich hatten mit dem Bulli einmal eine Panne, als wir einen kleinen Ausflug machten. Mario wollte unbedingt seine neue Angel und den neuen Köcher ausprobieren. Es war ein herrlicher Ausflug, auch wenn nicht ein Fisch angebissen hatte. Als weniger herrlich empfand ich dann allerdings, dass unser Bus auf dem Nachhauseweg plötzlich nicht mehr fahren wollte; der Motor hustete nur noch, anstatt die Räder in Bewegung zu setzen. Kein Mensch, kein Licht weit und breit waren zu sehen: Wir mussten wohl oder übel im Bus übernachten. Danach war ich, wenn ich mich recht entsinne, geschlagene zwei Tage nur stark gebückt gegangen, bevor ich mich wieder aufrichten konnte.

Ich wusste also, was es heißt, hinter dem Lenkrad eingeklemmt schlafen zu müssen, und deswegen bot ich Hardy an, dass wir das Zimmer teilten. Also, das Zimmer – nicht das Bett. Hardy nahm den Vorschlag schließlich glücklich an und bereitete sich auf dem Fußboden mit einer Matratze und der Zudecke eine eigene Schlafstatt. Wir lagen da – ich im Bett und er davor – und unterhielten uns noch ein bisschen über dies und das, bis Hardy offenbar eingeschlafen war. Jedenfalls antwortete er mir nicht mehr. Während ich wach liegen blieb und meine Gedanken Kreisel drehten, hörte ich aus seiner Richtung – nichts!

Bis auf ein oder zwei Notsituationen, wie etwa bei dem Ausflug im VW-Bus, war ich es nicht mehr gewohnt, mein Schlafzimmer mit einem anderen Menschen zu teilen. Robert und ich waren in all den Jahrzehnten unserer glücklichen Ehe nur ganze zwei Mal voneinander getrennt, zwei Nächte, in denen wir nicht nebeneinander eingeschlafen und nicht nebeneinander aufgewacht sind: Einmal konnte er wegen eines Schneesturms nicht mehr rechtzeitig zu mir nach Hause fliegen, und das andere Mal war, als ich wegen meines niedrigen Blutdrucks eine Nacht zur Beobachtung im Krankenhaus bleiben musste.

Langsam wurde ich nervös, dass Hardy ganz und gar keine Geräusche von sich gab. Als ich weiterhin nichts hörte, schlüpfte ich vorsichtig aus dem Bett. In einer Kindersendung im Fernsehen hatte ich mal gesehen – ich schaue, wenn überhaupt Fernsehen, dann gerne Kindersendungen –, dass man mit einem Spiegel feststellen kann, ob ein Mensch noch lebt. Wenn er noch lebt, dann atmet er, und dann beschlägt der Spiegel. Warum man ausgerechnet so etwas Kindern beibringt, weiß ich nicht, aber Kindersendungen sind voll von solchen seltsamen Tipps. Ich fingerte meinen kleinen Handspiegel aus dem Beutel im Badezimmer und schlich auf Zehenspitzen zurück. Ganz vorsichtig beugte ich mich über Hardy und hielt ihm den Spiegel vor den Mund. Das Glas beschlug nicht, kein bisschen. Mir wurde schwindlig, und ich musste mich neben Hardy auf den Boden knien. Noch einmal hielt ich den Spiegel, dieses Mal noch näher, vor Hardys Lippen, die sich kein bisschen bewegten.

»Was machen Sie denn da?«

Die Lippen hatten sich nicht nur bewegt – sie hatten laut gesprochen.

Vor Schreck fiel ich rückwärts nach hinten und konnte mich gerade noch mit meinem rechten Arm abfangen, so dass ich nicht mit dem Rücken auf dem Boden aufschlug.

»Hardy! Wie kommen Sie darauf, mich so zu erschrecken?«

»Ich? Wie kommen Sie darauf, mich so zu erschrecken!«

»Ich habe nicht den Eindruck, dass ich Sie erschreckt habe.«

»Aber nur, weil ich noch nicht geschlafen habe. Wenn ich aufgewacht wäre, mit einem Gespenst neben mir, hätte ich mich erschrocken.«

»Ich bin kein Gespenst.«

»Das hätte ich aber nicht sofort gemerkt. Und im Übrigen – das mit dem Spiegel funktioniert natürlich nur, wenn ich durch den Mund atme.«

Da hatte Hardy Recht. Das hatte ich nicht weiter bedacht. Aber das wollte ich nicht einfach so zugeben.

»Das war mir natürlich klar. Ich dachte einfach, ich warte, bis Sie den Mund mal aufmachen. Da hätte ich jedoch lange warten können, nachdem Sie sich ja einen Scherz erlaubt hatten. Und sich schlafend gestellt haben.«

»Ich habe mich nicht schlafend gestellt. Ich lag da und habe nachgedacht, und als Sie sich heimlich angeschlichen haben, wollte ich wissen, was Sie vorhaben.«

»Was ich vorhabe?«

»Ja, vielleicht wollten Sie zu mir unter die Decke kriechen.«

In dem Moment blieb mir die Spucke weg, mein Mund machte Bewegungen wie ein Karpfen beim Landspaziergang. Ich brachte kein Wort heraus, außer …

»Gute Nacht!«

Dann ging ich entschlossen in mein Bett und deckte mich möglichst geräuschvoll zu. Hardy sollte meinen Ärger merken.

»Sie wissen schon, dass es eine Unverschämtheit ist, mir so etwas zu unterstellen! Ich habe mir Sorgen um Sie gemacht.«

»Sie haben gedacht, ich könnte tot sein?«

»So ähnlich.«

»Was ist ähnlich wie tot?«

»Ich weiß nicht. Dann eben tot.«

»Ich bin aber nicht tot.«

Er musste lachen, ich lachte nicht mit. Dann stoppte er plötzlich mitten im Lachen, hustete ein paarmal und sagte: »Ihnen auch eine gute Nacht! Und träumen Sie etwas Schönes. Tut mir leid, aber ich muss jetzt schlafen.«

So eine Unverschämtheit! Hinderte ich ihn vielleicht daran, endlich einzuschlafen?

Ich war nach dieser Episode jedenfalls bald im Reich der Träume, oder besser gesagt, im Reich meines wunderschönen Traums, der mich seit einiger Zeit begleitete.

Wieder hörte ich diese herrliche Stimme, die eine schöne Melodie nach der anderen anstimmte. Glücklich schwebte ich durch die Luft, getrieben von Leichtigkeit und Glückseligkeit. Dann, mit einem Mal, mischten sich Worte unter den Klang des Gesangs. Ich verstand die Worte, gesprochen von einer anderen Stimme, nicht, ich wollte sie auch gar nicht verstehen, wollte viel lieber dieser schönen Stimme lauschen. Die Worte wurden lauter und lauter. Sie begannen mich zu stören, und ich wollte sie ausblenden – bis ich plötzlich ein Wort aufschnappte, das mich sofort elektrisierte. Dieses Wort war »Mario!«.

Sofort war ich hellwach und schnellte im Bett hoch. Ich war in dem Zimmer dieses kleinen Gasthofs, saß völlig aufrecht und hörte weiterhin jemanden sprechen. Es brauchte ein bisschen, bis ich begriffen hatte, dass dieser Jemand Hardy war. Hardy sprach wieder im Schlaf – wie schon bei uns im Häuschen.

»Mario, ich kann es dir nicht sagen. Du sagst ja auch nicht alles.«

Vorsichtig glitt ich aus meinem Bett und blickte zu Hardy. Ich wollte mich nicht abermals blamieren, nichtsdestoweniger wollte ich wissen, ob er wirklich im Schlaf sprach und mich nicht wieder veralberte. Und in der Tat – er sprach im Schlaf: Seine Lippen bewegten sich. Und seine Worte drehten sich um Mario und um ein Geheimnis. Aber um was für ein Geheimnis, das sagte er nicht.

Verflixt noch mal – ich hätte laut fluchen können! Doch ich habe es mir verkniffen, wie ich es meistens tue. In meinem ganzen Leben habe ich nur äußerst selten irgendwelche Kraftausdrücke ausgestoßen, da wollte ich auf meine späten Tage auch nicht mehr mit dieser guten alten Sitte brechen. Eine Dame macht so was schlichtweg nicht.

Hardy redete viel, aber schlauer wurde ich daraus nicht. Das Einzige, von dem ich später im Morgengrauen überzeugt war: Auch Hardy hatte ein Geheimnis. Das war nichts richtig Neues für mich, das hatte ich mir bereits vorher zusammengereimt. Aber wie konnte ich ergründen, worum es ging?

Nachdem ich nicht mehr einschlafen konnte, obwohl ich todmüde war, nahm ich ein Bad – der Kräuter-Badewasser-Zusatz war sehr angenehm. So erfrischt zog ich mich an und schlich mich aus dem Haus, an der Küche vorbei, in der jemand schon dabei war, das Frühstück vorzubereiten. Ich trat ins Freie. Vor der Haustür blieb ich stehen und atmete mehrmals tief ein und aus, genoss die kühle Morgenluft. Mit den Händen tätschelte ich mir selbst meine Wangen und lächelte: Auch wenn mein Leben wieder mal aus der Bahn geworfen zu werden drohte, war ich zufrieden. Zufrieden ja, aber nicht glücklich. Weiter weg entdeckte ich in einem Bus-Wartehäuschen ein junges Paar. Auf die Entfernung konnte ich nicht groß was erkennen, nur so viel: Er legte seine Arme um ihre Schultern und zog sie dicht an sich heran. Beide schienen sie diesen Moment zu genießen. Angesichts dieser Szene wurde ich nachdenklich, vielleicht sogar etwas melancholisch: Um meine Schultern legte niemand seine Arme. Nicht mehr – schon lange nicht mehr. Wer auch? Ich fühlte mich einsam. Nie zuvor, seit Roberts Tod, hatte mich so eine Einsamkeit beschlichen. Und ich ahnte, dass dies nicht nur mit Mario zu tun hatte. Es stimmte – Mario fehlte mir seit ein paar Wochen. Doch so wunderbar unsere Freundschaft auch war, sie konnte mir eines nicht geben: Tiefe und wahre Liebe. Das Paar dort in dem Häuschen, in der Kühle des Morgengrauens: Das liebte sich. Sehnsüchtig blickte ich dorthin, verdrückte ein paar Tränen und seufzte tief und voller Inbrunst.

Ich beschloss, nicht länger Trübsal zu blasen und mir dafür ein bisschen die Beine zu vertreten. Dazu bog ich um das Haus herum in Richtung eines hinter dem Gebäude liegenden Feldes. Dort würde es sicher einen schönen Weg für meinen Morgenspaziergang geben.

Während ich marschierte, schaute ich auf den Boden vor mir, um nicht zu stolpern. Ich machte einen Bogen um einen kleinen Holzschuppen, blieb stehen, dann blickte ich auf.

Und sah ... vor mir: den Wohnwagen von Herrn Krol, davor den Jeep! Womöglich stand das Gefährt ja schon länger dort – Hardy und ich hatten bei unserer Ankunft gestern Nacht den Bulli an der Vorderseite geparkt, waren gar nicht hinter dem Haus gewesen. Mein Herz hüpfte vor Aufregung wie ein kleiner Gummiball auf einer Tischtennisplatte. Also war meine Hoffnung doch berechtigt gewesen, Herrn Krol mit seinem Gespann auf der Reise nach Norden wiederzutreffen.

Mein Handy!

Ich schlich um den Wohnwagen herum, bei dem die Vorhänge zugezogen waren, und ging dann vor zu dem Jeep. Der Wagen war leer. Sicherlich war Herr Krol hinten im Wohnwagen und schlief, aber meine Ungeduld ließ mir keine Ruhe. So fand ich einen kleinen Spalt im Vorhang, durch den ich ins Innere des Wohnwagens spähen konnte – und zwar direkt zu dem Bett, mit der Bank davor, auf der ich geschlafen hatte. Niemand war zu sehen. Vielleicht war Herr Krol des Schlafens im Wohnwagen überdrüssig und hatte sich ebenfalls in dem Gasthof einquartiert. Meine Unruhe steigerte sich und ließ mich von einem Bein aufs andere treten wie ein hochgezüchtetes Rennpferd kurz vor dem Start.

Schließlich siegte meine Ungeduld vollends, und meine Hand näherte sich langsam, wie ferngesteuert, dem Türgriff. Die Finger umschlossen die Klinke und drückten sie nach unten. Ich schaute mich um – natürlich hatte ich ein schlechtes Gewissen. War ich gerade dabei, einen Einbruch zu begehen? Andererseits wollte ich nichts haben, was mir nicht gehörte; ich wollte nur kurz mein Handy aus dem Wohnwagen holen und dann umgehend wieder verschwinden. Langsam öffnete ich die Tür, nur einen Spalt, aber es reichte, um besser nach innen sehen zu können. Der Wohnwagen war leer. Kurz entschlossen kletterte ich hinein und zog die Tür hinter mir zu. Ich ließ meine Augen umherwandern – hier machte nichts den Eindruck, als hätte hier jemand geschlafen.

Wo war mein Handy? Auf den ersten Blick war es nicht zu entdecken. Ich setzte mich auf die Bank und dachte nach. Wo könnte es sein? Vielleicht war es runtergefallen und hatte sich in irgendeiner Ritze versteckt. Ich bückte mich, so gut ich das konnte – es war nicht auszumachen.

Plötzlich hörte ich draußen eine Stimme rufen, eine weibliche.

»Kyra!«

Ich linste durch den Spalt in der Gardine nach draußen und konnte die Hündin Kyra und ihr Frauchen entdecken. Die beiden tollten wie zwei junge Hunde herum. Eine Weile beobachtete ich die beiden und war begeistert von dem Spaß, den sie beim Werfen und Holen von Stöckchen und Bällen hatten.

Da, ganz unvermittelt … ein Ruckeln! Deutlich konnte ich es spüren. Ich musste mich auf der Stelle setzen, weil ich das Gleichgewicht nicht halten konnte.

Der Wohnwagen hatte sich in Bewegung gesetzt. Er fuhr los, mit einem blinden Passagier an Bord. Und dieser blinde Passagier war ich.

Zehn

Vor einigen Jahren habe ich einmal einen aufregenden Artikel in einer Zeitung gelesen. Eine Geschichte, die sich während der Urlaubszeit zugetragen hatte.

Eine Familie, ich glaube aus Wuppertal, machte Urlaub mit ihrem Wohnwagen in Spanien. Vater, Mutter, zwei Kinder und die Oma. Ein Hund war damals wohl auch mit dabei. Die arme Oma verstarb leider bereits nach wenigen Tagen unter Spaniens Sonne. Die anderen fassten daraufhin den Plan, die verblichene Großmutter heimlich im Anhänger zurück nach Hause, nach Deutschland, zu bringen; sie hatten Angst vor Formalitäten und anderen Unwägbarkeiten in dem fremden Land. Außerdem waren sie nach dem Schock schon traurig und durcheinander genug und wollten sich nicht noch mit irgendwelchem zusätzlichem Behördenkram herumschlagen. Unglücklicherweise ist der Familie dann auf der Rückreise das Auto samt Wohnwagen und samt Oma an Bord gestohlen worden.

Ich weiß auch nicht, warum mir genau in dem Augenblick wieder diese Geschichte einfiel, denn ich war sehr wohl am Leben – auch wenn ich mir nicht sicher bin, ob ich in dem Augenblick, als der Wohnwagen losruckelte, nicht lieber tot hätte sein wollen. Oder zumindest unsichtbar.

In was für eine Situation hatte ich mich da nur gebracht?

Allerdings hatte ich ebenso keinen Anhaltspunkt dafür,

dass der Wohnwagen, in dem ich mich gerade lieber nicht befunden hätte, gestohlen worden war. Ich hatte, besser gesagt, gar keinen Anhaltspunkt, für rein gar nichts. Ich rutschte, so gut ich konnte, auf der Bank ans Fenster und guckte durch den Vorhangspalt nach draußen. Bäume, Häuser und Gartenzäune huschten an mir vorbei. Offenbar fuhren wir mit dem Gespann durch den kleinen Ort, hin und wieder waren Menschen auf den Bürgersteigen zu sehen. Ich war hin- und hergerissen, ob ich versuchen sollte, mich bemerkbar zu machen, oder ob es in meiner Situation besser wäre, mich zu verstecken.

Während ich noch darüber nachdachte, kam direkt neben dem Wohnwagen ein roter Kleinwagen zum Stehen. Ich war so in Gedanken, dass ich ihn zwar sah, aber nicht sofort wahrnahm. Auf dem Beifahrersitz des Kleinwagens saß ein kleiner Junge mit roten Haaren und starrte stur nach vorne; vielleicht dachte er gerade an seinen Religionslehrer, der ihm immer so auf die Nerven ging, oder an die Mathearbeit, die er vor kurzem in den Sand gesetzt hatte. Der Junge kaute unterdessen auf einem Kaugummi herum und spielte mit einem Gummiband, das er zwischen seine Finger spannte.

Ich wusste nicht, warum der Wagen direkt neben uns zum Stehen gekommen war. Denkbar war, dass wir an einer roten Ampel zum Halten gezwungen worden waren und nebeneinander in verschiedenen Spuren standen.

Nach ein paar Sekunden spürte der Junge wohl, dass ich ihn beobachtete, und er drehte seinen Kopf ganz langsam in meine Richtung. Zentimeter für Zentimeter. Als der Rothaarige mich hinter der Wohnwagengardine erblickte, weiteten sich seine Augen, sein Mund öffnete sich, und dann schrie er los. Hören konnte ich seinen Schrei nicht – zum Glück, aber sein weit aufgerissener Mund ließ daran keine Zweifel. Als das rote Auto wieder anfuhr und um die Ecke bog, verlor ich den kleinen schreienden Rothaarigen aus den Augen. Kurz darauf setzte sich auch unser Gespann in Bewegung und zuckelte los.

Ich beschloss nach diesem Ereignis, ab sofort vorsichtiger zu sein und mich während der Fahrt nicht mehr so ohne weiteres am Fenster zu zeigen. Mein Plan war vielmehr, beim nächsten Halt die Gelegenheit zu nutzen und aus dem Wohnwagen zu springen – na gut, sagen wir lieber allgemein, ihn zu verlassen.

Das hätte ich am besten gerade eben schon getan; wenn ich doch nur sofort gemerkt hätte, dass wir angehalten hatten, und ich dann keine Zeit damit verschwendet hätte, einen rothaarigen Jungen in einem kleinen roten Auto zu begaffen.

Nun war es zu spät, fuhren wir indessen bereits wieder mit langsamer, aber konstanter Geschwindigkeit dahin. Ich krallte meine rechte Hand in die gummierte Tischdecke des Klapptisches vor meiner Bank. Für mich hieß es jetzt warten, bis sich die richtige Situation zur Flucht ergeben sollte. Das regelmäßige Rumpeln machte mich schläfrig – aber wenngleich ich bekanntermaßen dazu neige, tagsüber mal kurz einzunicken, wollte ich in der misslichen Lage, in der ich mich befand, unbedingt wach bleiben.

Nach einer Weile merkte ich, dass es keine Kurven mehr gab und dass wir an Geschwindigkeit zugelegt hatten. Ein kurzer, vorsichtiger Blick durch den Spalt im Vorhang bestätigte meine Vermutung: Wir waren inzwischen auf der Autobahn. Ich schnaufte, mein Kopf fiel niedergeschlagen nach vorne. So ein Mist! Jetzt war nicht mehr damit zu rechnen, dass ich so schnell eine Gelegenheit bekommen sollte zu fliehen.

Da meine Beine schmerzten, zog ich die Schuhe aus, massierte meine geschwollenen Fußknöchel und legte die Füße hoch. Ein Bild, das über der Tür hing und das mir bis jetzt noch gar nicht aufgefallen war, stach mir ins Auge: ein naives Gemälde mit einem Esel. Der Esel blickte zu mir, und ich erwiderte den Blick. Ich bewegte den Kopf ein bisschen hin und her, aber immer hatte ich den Eindruck, dass der Esel mich nicht aus den Augen ließ. Es war faszinierend.

Kurz darauf muss ich eingeschlafen sein. An einen Traum während dieses Schlafs kann ich mich allerdings nicht erinnern.

Ich wachte wieder auf, als ich recht unsanft gegen die Rückenlehne der Bank gedrückt wurde; der Wagen bremste ab – ziemlich abrupt, wie mir schien, kam doch der Anhänger dabei sogar leicht ins Schlingern. Sobald das Gespann zum Stillstand gekommen war, war ich hellwach. Das war meine Chance zur Flucht! Ich wollte schon zur Tür, um sie aufzureißen, als ich merkte, dass mir etwas an den Füßen fehlte: meine Schuhe, die ich zuvor ausgezogen hatte. Hektisch blickte ich mich um, konnte sie aber nirgends sehen; durch das schnelle Abbremsen mussten sie weiter unter den Tisch gerutscht sein. Ich bückte mich, entdeckte sie hinten in einer Ecke. Ich bückte mich weiter – alles schön langsam, allein aus Rücksicht auf meine diversen Ersatzteile, die künstliche Hüfte und mein ebenfalls künstliches Kniegelenk sowie auf meine nicht mehr sehr elastischen Rückenwirbel. Irgendwann war es so weit: Weil ich Übergewicht bekam, rutschte ich von der Bank und landete auf den Knien. Der Aufprall tat zwar sehr weh, meine Position hatte jedoch zweifellos den Vorteil, dass ich nun auf der gleichen Ebene wie meine

Schuhe war und sie zum Greifen nah schienen. Ich streckte meinen rechten Arm nach dem einen Schuh aus, erreichte ihn auch fast. Fast heißt, dass ich mit meinen Fingerspitzen bis auf fünf Zentimeter an den Schnürsenkel herankam. Ich streckte mich und reckte mich, begann vor Anstrengung zu zittern; mittlerweile lag ich bäuchlings auf dem Boden. Noch einen Zentimeter. Ich robbte etwas nach vorne. Meine Bemühungen waren beinah von Erfolg gekrönt, als der Wagen plötzlich wieder ruckelte: Wir fuhren wieder los.

In diesem Moment hatte ich meine Nerven nicht mehr im Griff – und weiß Gott nicht nur, weil die Schuhe weitergerutscht waren und mir entglitten: Mir traten Tränen in die Augen. Und da immer mehr Tränen von innen nachdrangen, liefen die ersten mir über die Wangen. Während ein wahrer Tränenstrom sich seinen Weg bahnte, musste ich aus tiefem Herzen schluchzen – so geheult hatte ich schon ewig nicht mehr. Ich versuchte, noch halb im Liegen, mir über das Gesicht zu wischen.

Wie konnte mein Leben nur so schnell wieder in Schieflage geraten?

Vor eineinhalb Jahren, nach dem überraschenden Tod meines geliebten Mannes Robert, hatte ich die Angst, dass auch für mich alles vorbei sein könnte. Was hatte ich denn mit meinen 81 Jahren noch vom Leben zu erwarten? Aber dann kam alles anders. Ich tauchte von Neuem ein ins Leben, ich ging hinaus, hinein in die Stadt, interessierte mich für andere Menschen – und leider auch für die Briefe anderer, mir fremder Menschen. Es folgte für mich ein Auf und Ab, aufregende Zeiten forderten all meine Kraft. Doch in jenen Zeiten passierte eben auch Gutes: So lernte ich Mario kennen, mit dem ich dann in den Süden gezogen war. Ich hatte meinem Leben einen neuen Dreh gegeben. Natürlich war ich immer noch die »alte Oma Else« geblieben, aber ich war mutiger, neugieriger geworden. Ich hatte für mich begriffen und beschlossen, dass mit 81 Jahren noch lange nicht Schluss sein musste.

Und nun? Was war nun aus mir geworden? Ich saß in einem fremden Wohnwagen auf dem Boden, in einem Wagen, dessen Besitzer ich nicht richtig kannte. Ja, ich konnte nicht einmal sicher sein, dass er selbst am Steuer saß. Und wohin ging die Reise? Keine Ahnung. Die Tränen liefen mir unablässig über das Gesicht. Ich schluckte, und es schüttelte meinen Körper. Ich war alleine und fühlte mich einsam. Ich spürte mit einem Mal wieder diese große Sehnsucht in mir, die Sehnsucht nach Liebe und Geborgenheit.

Es war schon seltsam – oder auch nicht –, dass mir gerade in diesen Minuten all diese Gedanken durch den Kopf strömten. Dass ich gerade da spürte, was ich wirklich vermisste. Ich hatte es schon länger geahnt, es hatte in mir geschlummert – genau hier und jetzt war das der auslösende Moment, in dem es mir klar wurde – es war so deutlich vor meinen Augen: Ich wollte wieder einen Mann an meiner Seite. Nicht irgendeinen Mann, nein, ich wollte mich wieder verlieben.

Ich trocknete meine Tränen und beschloss zu kämpfen. Um mein Glück, um meine Zukunft – aber zuallererst um meine beiden Schuhe, die sich weiterhin beharrlich jedem Zugriff zu widersetzen wagten. Es dauerte insgesamt wohl mehr als zwanzig Minuten, bis ich sie endlich wieder in Händen hielt und wieder an den Füßen hatte. Geschafft!

Weil wir nach wie vor ruhig die Autobahn entlangfuhren, wagte ich nach einiger Zeit wieder einen Blick durch das Seitenfenster zu den anderen Fahrzeugen, die uns nach und nach überholten. Dieses Mal hielt ich mich aber so verdeckt, dass man mich, so dachte ich, nicht würde sehen können. Eigenartig, wer alles an uns vorbeifuhr! Ich begann, mir etwas die Zeit zu vertreiben, indem ich mit geschlossenen Augen vorherzusagen versuchte, wer oder was wohl als Nächstes auftauchen würde. Oft lag ich mit meiner Vermutung richtig, manches Mal aber nicht. Wie hätte ich auch ahnen können, dass uns zum Beispiel einmal sogar ein Kamel überholte? Der Zirkus Bonboni düste zu seiner nächsten Station. So vergingen die Minuten, in denen ich fast vergaß, in welch fataler Situation ich mich befand.

Als ich irgendwann einmal wieder meine Augen öffnete, um zu prüfen, ob ich richtig geraten hatte, sah ich nichts – kein Wagen war neben uns auf der Überholspur. Dann schob sich ganz langsam – wirklich im Zeitlupentempo – zentimeterweise die Front eines Fahrzeuges neben uns. Es dauerte ein paar Sekunden, bis ich begriffen hatte, was für ein Wagen das war: Es war ein VW-Bus. Und nicht irgendein VW-Bus, sondern es war unser Bus, der von Mario und mir. Grün-weiß!

Wie elektrisiert sprang ich auf und stellte mich direkt hinter das Fenster, schob den Vorhang zur Seite. Mit Mühe konnte ich mich derweil mit einer Hand an einem Handtuchhalter festklammern. Ich musste mich irgendwie bei Hardy bemerkbar machen. Aber würde ich ihn auf der Fahrerseite überhaupt sehen können? Immerhin ist der Bus hoch genug, um mit dem Wohnwagen auf Augenhöhe zu sein. Angestrengt hielt ich nach ihm Ausschau. Doch dann sah ich zu meiner Verblüffung jemanden auf dem Beifahrersitz – Hardy war nicht allein unterwegs: das junge Mädchen, das Mädchen mit dem Hund, dem Mischling: Kyra. Janis, so hatte ich sie nach einer schon lange verstorbenen Rocksängerin genannt, saß da, und auf ihrem Schoß thronte Kyra. Der Köter verbaute mir mit seinem massigen Körper die Sicht auf Hardy, und auch Janis war fast völlig verdeckt. Wild fuchtelte ich hinter der Fensterscheibe mit einem Arm herum, mit der anderen Hand musste ich mich an der Vorhangstange festhalten. Ich winkte und winkte, aber keiner bemerkte mich – außer Kyra. Sie drehte die Schnauze in meine Richtung, und da es im Bulli so eng war, konnte sie gar nicht anders, als von innen gegen die Scheibe zu sabbern. Auge in Auge mit diesem Tier, nicht mit einem Menschen! Mit wachsender Verzweiflung wedelte ich weiter mit der einen Hand, schrie nun auch noch, um mich genauso bei einem der Insassen bemerkbar zu machen – aber leider völlig erfolglos. Meine Hoffnungen schwanden, denn wer sollte mich schon hören? Der Einzige, der mich wahrnahm, mich wenigstens gesichtet hatte, war der Vierbeiner, war Kyra. Und ich glaube wirklich, dass sie mich bemerkt hatte, denn sie neigte den Kopf ein bisschen und noch ein bisschen mehr. Ich machte diese Bewegung ganz automatisch mit; meine Hand winkte nur noch kraftlos und total mechanisch. So vergingen die Sekunden, vielleicht auch Minuten – bis der VW-Bus das Wohnwagengespann schließlich vollständig überholt hatte und ich mit geneigtem Kopf einem Hund nachschaute, der sich nicht mehr nach mir umdrehte.

Hardy war demnach weitergefahren. Er war mit unserem Bus auf der Autobahn. Warum? Er hätte doch bei dem Gasthof, in dem wir übernachtet hatten, auf mich warten können. Oder war er auf der Suche nach mir? Vielleicht hatte er einfach die Vermutung, die richtige Vermutung, dass ich mich ohne ihn auf den Weg gen Norden aufgemacht hätte – wenn auch unfreiwillig und im falschen Fahrzeug. Gedankenverloren kaute ich auf meinen Zähnen herum, und zwar derart fest, dass sie jederzeit hätten herausfallen können. Aber diese Peinlichkeit ersparte mir der liebe Gott dann doch, nach all den anderen Prüfungen, die er sonst schon für mich bereitgehalten hatte.

Warum war diese junge Frau mit ihrem Hund an Bord des VW-Busses? War das Zufall oder nicht? Mir war klar, dass ich eine Antwort nur bekommen würde, wenn ich Hardy jemals wieder zu Gesicht bekommen sollte.

Auf den nächsten Kilometern steigerte sich meine Ungeduld. Ich musste, wie auch immer, endlich aus diesem Wohnwagen verschwinden. Aber wie, wenn wir nicht einmal anhielten? Nicht ein einziges Mal. Ich hatte die Hoffnung schon fast aufgegeben, als das Gespann unvermittelt in einer sanften Rechtskurve die Autobahn verließ. Kurz darauf stoppten wir. Das war meine Chance – meine zweite, nein, eigentlich bereits meine dritte –, und ich wollte schon los, als ich merkte, dass ich meine Schuhe wieder ausgezogen hatte. Zu blöd! Ohne Schuhe an meinen Füßen wollte ich keineswegs hinausgehen. Was sollten denn die Menschen draußen von mir denken?

Gerade als ich mich zum Schuheanziehen nach unten beugen wollte, bewegte sich die Türklinke, und die Wohnwagentür wurde von außen geöffnet. Ich erstarrte zu einer Salzsäule. Der Mann, der vor dem Wohnwagen stand, starrte mich ebenfalls überrascht an. Und dieser Mann war nicht der nette Herr Krol, sondern ein äußerst bulliger Mensch mit Glatze und unzähligen Tattoos auf dem halbnackten Oberkörper. Er sah aus wie ein Catcher. Sein Mund stand offen, eine Hand ließ die Finger der anderen Hand knacken.

Elf

Ein Mann wie ein Schrank, der mir nicht nur nachts auf einem Friedhof Angst eingejagt hätte, sondern es auch hier – mitten auf einem belebten Rastplatz – tat. Offenbar war der Catcher durch meinen Anblick aber auch etwas verwirrt, zumindest kratzte er sich am Kinn. Ich nahm meine Schuhe in die Hand – zum Anziehen schien mir der Augenblick nicht der richtige zu sein, wollte ich doch mein Gegenüber keinesfalls aus den Augen lassen, mich also nicht bücken. In wenigen Sekunden schossen mir die Gedanken durch den Kopf wie Jagdfalken im Sturzflug. Sinnige Gedanken wie unsinnige. War ich überhaupt im Wohnwagen von Herrn Krol? Wenn ja, wer war dann dieser Mann vor mir? Hatte er den Wagen mit dem Anhänger gestohlen? Und was würde er dann mit einer unliebsamen Zeugin machen? Vor meinem inneren Auge sah ich schon, wie er meinen kleinen Körper hinter dem Parkplatz verscharren würde, nachdem er mich vorher mit bloßen Händen erwürgt hatte. Ein Kampf zwischen uns beiden würde wohl nicht länger als eineinhalb Sekunden dauern. Das Leben war so ungerecht. Ich blickte panisch auf die klobigen Hände meines zukünftigen Mörders, und mir wurde heiß, als ob ich mit Pelzmantel in der Sauna säße. Ich holte tief Luft, versuchte ihn mit einem starren Blick zu fixieren und hielt meine beiden Schuhe schützend vor mich.

»Wenn Sie mir etwas tun, dann schreie ich. Ich kann laut schreien.«

Er sagte erst mal nichts, sondern neigte nur den Kopf und runzelte die Stirn. Seine silbernen Ohrringe in Form von Totenköpfen baumelten ein klein wenig hin und her.

»Gehen Sie mir aus dem Weg. Lassen Sie mich raus.«

Meine Stimme hörte sich für mich kräftig und bestimmend an. Der Koloss trat einen kleinen Schritt zur Seite, aber nicht weit genug, dass ich mich sicher genug gefühlt hätte, an ihm vorbei aus dem Wagen zu schlüpfen. Vielleicht würde er gerade in dem Moment zupacken, in dem ich neben ihm wäre. Er drehte nun den Kopf in Richtung des Autos vor dem Wohnwagen.

»Es geht mich ja nichts an, aber hier ist eine alte Frau.«

Dieser grobschlächtige Kerl hatte eine sehr hohe Fiepsstimme, die so gar nicht zu seinem Äußeren passen wollte. Und wenn ich mich recht erinnere, lispelte er auch ein kleines bisschen. Aber die Stimme war mir egal, mich störte etwas anderes: Ich bin vielleicht eine ältere Dame, aber keine alte Frau. Nur ich selbst darf so etwas sagen. Ich war verärgert und kletterte nun durch die Tür des Wohnwagens, wobei ich mich mit den Händen am Türrahmen festhalten musste.

»Platz da!«

Der Mann zuckte unwillkürlich zusammen und trat einen größeren Schritt zur Seite. Ich ließ ihn nicht aus den Augen, während ich mich vor dem Wagen bückte und meine Schuhe anzog. Das dauerte einen Moment, denn beim Bücken muss ich mich konzentrieren – weit genug, aber nicht zu weit, sonst komme ich eventuell nicht mehr hoch. Als ich mich wieder aufrichtete, stand neben dem Catcher Herr Krol und blickte mich etwas verstört an. Ich konnte ihm nicht verdenken, dass er irritiert war, wusste auch, dass ich etwas sagen sollte, wusste aber nicht sofort, was.

Also sprach Herr Krol zuerst und erzählte, was es mit dem grobschlächtigen Mann, dem Catcher, auf sich hatte. Herr Krol, ein freundlicher wie hilfsbereiter Mensch, hatte kurz angehalten, um einen Tramper mitzunehmen, der am Straßenrand gestanden hatte. Der Tramper war ebenjener Tätowierte, der auf einmal in der Tür des Wohnwagens erschienen war. Wie ich später erfahren sollte, hatte Krol dem sichtlich übermüdeten Mann nach einiger Zeit im Jeep angeboten, sich während der Fahrt hinten im Anhänger hinzulegen und sich auszuruhen. Er konnte nicht ahnen, dass der Wohnwagen sozusagen schon besetzt war, und zwar von mir.

»Sie waren in meinem Wohnwagen?«

»Ja.«

»Und warum?«

»Ich habe etwas gesucht.«

»Und was?«

Herr Krol und ich standen uns nah gegenüber, die Worte gingen flott hin und her. Der Catcher schenkte uns einen leicht ungeduldigen Blick und wandte sich an Herrn Krol.

»Vielen Dank. Ich muss kurz weiter.«

Mit diesen Worten stapfte er von dannen. Wir blickten ihm hinterher. Ich wandte mich wieder an Herrn Krol.

»Sehen Sie, ich kann mein Handy nicht mehr finden und bin mir sicher, dass ich es in Ihrem Wohnwagen verloren habe. Also gestern dort habe liegen lassen.«

»Ach …«

»Und deswegen dachte ich mir, dass ich vielleicht mal kurz nachsehe.«

»Ach ...«

»Und da die Tür offen war und von Ihnen weit und breit nichts zu sehen, bin ich mal eben kurz rein. Ich konnte ja nicht ahnen, dass Sie während meiner Suche plötzlich losfahren.«

»Entschuldigung.«

Die Entschuldigung kam prompt und war ehrlich gemeint, obwohl der gute Mann an gar nichts Schuld hatte, sondern nur ich allein.

»Aber Ihr Begleiter, weiß er, wo Sie sind?«

»Nein, das ging alles viel zu schnell.«

»Aber dann sollten Sie wieder dahin zurück, zu dem Gasthaus. Sicherlich wartet er dort noch auf Sie.«

»Nein, da wartet er nicht.«

»Wieso?«

»Er hat uns vorhin gerade überholt mit dem VW-Bus. Ich habe gesehen, wie er an uns vorbeigefahren ist.«

»Ach ...«

Es wurde mir bewusst, dass Herr Krol etwas von Loriot hatte. Dieses ernsthafte Unschuldige.

»Aber dann müssen wir uns auf seine Spur setzen. Vielleicht sollten wir die Polizei einschalten.«

Das war im Grunde genommen gar keine schlechte Idee, aber seit meinen Erlebnissen vor gut einem Jahr habe ich Respekt vor der Polizei. Immer wenn ich einen Polizisten sehe, zucke ich zusammen, auch wenn ich mir gar nichts vorzuwerfen habe. Und jetzt hatte ich mir auch nichts vorzuwerfen. Ich war zwar in den Wohnwagen quasi eingebrochen, aber Herr Krol, der Besitzer, schien mir deswegen nicht schlecht gesinnt. Aber wie gesagt, auch weil Mario damals so viel Ärger mit der Polizei hatte, gehe ich jedem Uniformierten lieber aus dem Weg. Natürlich hatte Mario sich eine gewisse Zeit mit kleineren Einbrüchen über Wasser gehalten, aber bei diesen Diebstählen war es immer nur um Lebensmittel gegangen. Mario hatte geklaut, um zu überleben, nachdem er ungerechterweise seine Arbeit und damit sein Einkommen verloren hatte. Die Polizei hatte ihn verfolgt, musste das auch tun. Seitdem machte ich lieber einen Bogen um die Vertreter der Staatsgewalt. Herr Krol hatte mein Zögern bemerkt.

»Wenn Sie nicht die Polizei einschalten wollen, dann rufen Sie ihn doch einfach an.«

»Das geht nicht, ich weiß seine Nummer nicht auswendig.«

»Ach ...«

»Ja, die ist nur in meinem Handy.«

Herr Krol nickte verstehend, trat von einem Bein auf das andere.

»Haben Sie es denn inzwischen im Wohnwagen gefunden? Das Handy?«

»Nein.«

»Gut, dann helfe ich Ihnen beim Suchen. Was meinen Sie denn, wo es liegen könnte?«

Mit dieser Frage ging Herr Krol entschlossen zu seinem Wohnwagen und verschwand durch die immer noch offene Tür im Innern. Ich folgte ihm. Wir suchten und suchten, und natürlich wurde es mir zunehmend unangenehm, dass es nicht zu finden war. Was dachte Herr Krol nun von mir? Vielleicht, dass die Sache mit dem Handy nur ein Vorwand von mir war, um mich in den Anhänger zu schleichen? Eine

Ausrede? Schließlich standen wir uns ratlos gegenüber. Ich spürte, wie die Temperatur in meinem Kopf anstieg. Mein Hirn kochte.

»Hören Sie, ich weiß nicht, was Sie nun von mir denken, aber ich schwöre Ihnen, dass …«

Auf der Suche nach den passenden Worten drehte ich mich auf der Stelle wie eine kleine mechanisch aufgezogene Primaballerina, nur nicht so elegant. Mein Blick traf den Spiegel und das, was dort in roter Farbe geschrieben stand: »Ich liebe sie!«

Herr Krol folgte meinem Blick. Seine Lider zuckten hektisch, seine Wangen glühten, und er blies die Backen auf.

»Ich … ich … ich …«

Stotternd stürzte er aus dem Anhänger, wobei er mit einem Schnürsenkel an der unteren Kante des Einstiegs hängen blieb und ohne weitere Chance, reagieren zu können, nach vorne fiel – direkt in eine Pfütze. Ich half ihm auf. Er wischte sich das Wasser von der Hose.

Herr Krol war verliebt, sehr verliebt, auch wenn er die Dame seines Herzens noch nie gesehen hatte. Sie hatten sich über eine Kontaktanzeige in einer Zeitung kennengelernt, wie er nach einigem Zögern erzählte. Aber sie hatten noch nie miteinander telefoniert, und sie hatten sich auch kein Bild geschickt, kein Foto. Sie wollten das beide nicht, sie wollten nicht die Magie des Augenblicks bei ihrem ersten Zusammentreffen zerstören. Das war auch der Grund, warum er auf dem Weg nach Norden war. Denn dort wohnte seine Angebetete. Schon am nächsten Tag sollte das langersehnte erste Treffen stattfinden. Doch je näher dieser Tag, die Stunde des Treffens kam, umso mehr schreckte Herr Krol davor zurück. Seine Angst zu versagen, sich falsch zu verhalten, etwas Falsches zu sagen, die Angst, auf Ablehnung zu stoßen, nicht der Situation gerecht zu werden, war so groß, dass er, immer wenn er nur daran dachte, ins Stottern geriet. Als Kind hatte er seinerzeit gestottert, wenn er eine Prüfung ablegen oder an die Tafel musste. Über all die Jahre hatte er dieses Leiden überwunden. Doch jetzt – im schlechtesten aller Augenblicke – war es zurückgekehrt.

Herr Krol saß mir mit verheulten Augen auf einer Bank neben den Parkbuchten gegenüber. Die kleine Wunde an der Stirn vom Sturz in die Pfütze hatte ich bereits verarztet. Aber wie sollte er den nächsten Tag überstehen? Herr Krol war verzweifelt und ich ebenso, hatte er doch mit seiner Geschichte mein Herz gerührt. Ich fasste ihn an den Händen, um uns herum knatterten die Motorräder, brausten die Autos und brummten die Lastwagen. Wir zwei waren in unserer eigenen Welt, und wie wir so schweigend dasaßen, kam ich immer mehr zu der Überzeugung, dass ich diesem Mann helfen wollte. Er war mir in der kurzen Zeit ans Herz gewachsen. Mein Handy, Hardy, der VW-Bus, ja sogar Mario waren in diesem Augenblick vergessen. Ich wollte Herrn Krol beistehen, seine große Prüfung der Liebe zu bestehen. Aber wie?

Während ich nachdachte, blickte ich über die Autobahn in die Ferne, bis hin zu den schneebedeckten Gipfeln. Bald würde hier oben in den Bergen alles weiß, alles verschneit sein. Wie schön, wie romantisch würde dann die Welt aussehen. Genau wie ich hatte Robert dieses Glitzernde in der Natur immer geliebt. Ich dachte an meine große Liebe, und dann fiel mein Blick auf das Häufchen Elend vor mir. Herr Krol suchte – wie wohl alle Menschen – auch die Liebe, hatte sich sogar auf eine weite Reise begeben, um sie zu erleben. Aber er drohte zu scheitern, wenn er nicht dieses fatale Stottern überwinden sollte. Ich wollte ihm zu gerne helfen. Ich dachte nach – und in dem Durcheinander der Reisenden um uns herum hatte ich schließlich eine Idee. Ich wollte der Liebe zu einem Sieg verhelfen. Dazu brauchte es nur etwas Übung. Herr Krol musste üben.

Zwölf

Ich wollte mich an einen der kleinen Tische hinten in der Ecke des Restaurants setzen, aber dort waren alle Plätze besetzt. So blieb mir nur ein Zweiertisch direkt neben dem Eingang. Ich blickte scheinbar gedankenverloren durch die große Fensterscheibe zu dem Treiben auf dem Rastplatz. Die Bedienung, ein junges Mädchen mit grünen Haaren und einem Stahlstift quer durch die Nasenflügel, fragte mich freundlich, was ich denn wolle, und ich bestellte einen Kaffee – entkoffeiniert. Um mich herum herrschte ein Gebrabbel und Gemurmel. Die Reisenden nutzten ihren meist kurzen Aufenthalt in der Autobahnraststätte zum Plaudern und hatten sich viel zu erzählen. Hin und wieder klingelte ein Spielautomat aus dem hinteren Teil des Restaurants, und das Zischen der Espressomaschine hinter der Theke war zu hören. Ich spielte mit der Plastikblume vor mir, die in einer winzigen Glasvase stand.

Ein Mann trat neben mich; ich tat so, als ob ich ihn erst bemerkte, als er einen Schatten auf den Tisch warf. Ich blickte auf und lächelte. Herr Krol lächelte nicht zurück, seine Miene verriet eine starke innere Anspannung. Er räusperte sich, starrte auf die langstielige Rose in seinen Händen. Ich spürte, dass ich ihm irgendwie helfen musste, und sagte: »Ja …?«

»Sie müssen Marion sein«, sagte er, ganz ohne zu stottern.

»Das bin ich«, sagte ich, so klar wie möglich. Ich stand auf und reichte ihm die Hand. Er schüttelte sie, etwas zu kräftig. Darauf würde ich ihn später noch hinweisen müssen.

»Ich freue mich sehr, dass es endlich mit unserem Treffen klappt.«

»Ich mich auch.«

Herr Krol sprach mit kräftiger Stimme, und den leichten Ansatz eines Stotterns überhörte ich einfach. Wir setzten uns beide an den Tisch. Das junge Mädchen mit den grünen Haaren brachte mir die Tasse Kaffee und Herrn Krol dann ebenfalls eine – mit Koffein und mit viel Milch. Wir unterhielten uns angeregt, und ich ließ mein Gegenüber dabei nicht aus den Augen. Ich war sehr zufrieden mit meinem Schüler. Wenn er am nächsten Tag bei seiner wahren Angebeteten auch so einen Eindruck machen würde, könnte gar nichts schiefgehen. Wir waren ganz mit unserem Spiel beschäftigt, und ein Wort gab das andere. Ein leichtes Geplänkel führte dazu, dass ich einmal sogar meinte zu erröten. Herr Krol war einfach wunderbar, fand immer wieder die richtigen Worte, machte Komplimente und umschmeichelte mich. Und er stotterte die ganze Zeit über fast kein bisschen. Vielleicht musste er hin und wieder am Anfang eines Satzes bei einem Wort zweimal ansetzen, aber das konnte ich ihm durchgehen lassen. Ich war ehrlich gerührt von dem, was er mir alles sagte, und musste mir schweren Herzens eingestehen, dass diese Worte gar nicht mir galten, sondern der wahren Dame seines Herzens, einer gewissen Marion. Am Ende eines längeren Monologs fasste er vorsichtig meine Hand und schaute mir lange in die Augen. Ich seufzte, ließ den Blick sinken. Erst da bemerkte ich, dass wir beobachtet wurden. Das Mädchen mit den grünen Haaren und dem Metall in der Nase strahlte uns mit klaren Augen an, ein breites Lächeln auf den Lippen.

»Schön, wenn zwei Menschen sich so lieben.«

Sie glaubte doch nicht wirklich, dass ich ältere Dame und Herr Krol, also dass wir beide etwas miteinander …? Ich schüttelte in mich hineinlächelnd den Kopf, aber schön war es trotzdem, dass dieses mir unbekannte junge Mädchen auf so einen Gedanken kommen konnte. Nachdem sie wieder gegangen war, drückte Herr Krol abermals meine Hand und lächelte mich an.

»Danke, danke. Ich habe jetzt keine Angst mehr.«

»Ja, es wird alles gut.«

Ich nickte zufrieden, als plötzlich zwei Männer an unseren Tisch traten. Ich blickte auf und sah zwei Polizisten in Uniform, die mich mit freundlicher Miene betrachteten. Herr Krol wiederum schaute überrascht von den Uniformierten zu mir. Dann sagte der eine Polizist: »Sind Sie Frau Westermann? Else Westermann?«

Ich zögerte, dann nickte ich.

Dreizehn

Die beiden Beamten waren vorne eingestiegen, während ich mich hinten auf die Rückbank kauerte. Ich wollte nicht, dass mich jemand in einem Polizeiwagen sah, auch hier nicht, wo mich wahrscheinlich gar niemand kannte. Für eine Dame gehört es sich nicht, so durch die Gegend chauffiert zu werden. Wer weiß, auf was für Gedanken die Menschen kommen könnten? Es gab Zeiten, in denen ich mich hatte hinreißen lassen, Dinge zu tun, die nicht ganz legal waren. Ich dachte an die Briefe aus fremden Briefkästen. Aber jetzt hatte ich nun wirklich nichts angestellt, wenn man davon absieht, dass ich mich in einen fremden Wohnwagen sozusagen verlaufen hatte. Der Polizeiwagen verließ im Schritttempo den Rastplatz und fuhr an dem Wohnwagengespann von Herrn Krol vorbei. Krol winkte mir zu, lachend, zeigte mit beiden Daumen nach oben. Ich winkte ihm zurück, wünschte ihm von ganzem Herzen viel Glück bei seinem bevorstehenden Eroberungszug. Er ist vielleicht ein seltsamer Kauz, aber liebenswert und nicht nachtragend. Und nun wollte dieser Mann die wahre Liebe entdecken, nach vielen Jahren des Alleinseins. Wie schrecklich der Gedanke, dass ihm gerade da sein Stottern wieder dazwischenfunken könnte.

Der Polizeiwagen fuhr an zwei Trampern vorbei, die direkt vor der Auffahrt am Straßenrand standen. Die beiden Polizisten überlegten noch einen Moment, ob sie anhalten sollten. Kann sein, dass so etwas verboten ist: Trampen auf der Auffahrt. Das weiß ich nicht. Doch nach kurzem Zögern fuhren sie weiter, und ich warf den beiden Trampern einen Blick zu. Der eine von ihnen war der Catcher, den Herr Krol mitgenommen hatte, neben ihm eine Frau mit großer Löwenmähne. Die beiden lachten miteinander und scherzten, so als würden sie sich schon länger kennen. Oder wie zwei Menschen, die sich gerade erst entdeckt hatten, aber bei denen sich der Funke sofort entzündet hatte. Ich drehte mich im Sitzen nach ihnen um, wollte sie nicht so schnell aus dem Blick verlieren. Dabei verrenkte ich mir den Hals. Es ist eine Gnade, wenn man so alt werden darf, wie ich geworden bin. Aber der liebe Gott hätte uns eine längere Garantie mitgeben sollen. Oder die Wartung sollte einfacher sein.

Nur der Polizist am Steuer hatte bis jetzt mit mir gesprochen. Er hatte etwas längere Haare, und seine Mütze, wenn er sie denn mal aufhatte, hing ihm leicht schief ins Gesicht. Er wirkte lässig, und wenn ich, mein Gott, sehr viele Jahre jünger gewesen wäre, hätte ich ihn mit anderen Augen gesehen. Aber so freute ich mich an seiner zwanglosen Art, auch daran, wie er die Wörter dehnte und quetschte, wenn er sprach. Ich nannte ihn für mich Detlev. Ich glaube, es gibt einen deutschen Filmregisseur dieses Namens, und an den erinnerte er mich. Detlev bog mit dem Polizeiwagen auf die Autobahn ab und reihte sich in den Verkehr ein. Er drehte sich im Fahren zu mir um.

»Alles gut dahinten?«

»Ja, danke.«

»Wir haben gerade mit Ihrem Bekannten, Ihrem Freund, telefoniert. Er wartet am übernächsten Parkplatz auf uns.«

»Sehr nett von Ihnen. Danke.«

Hardy hatte mich als vermisst gemeldet und die Polizei davon überzeugt, die Augen nach mir offen zu halten. Er hatte eine genaue Beschreibung von mir gegeben, und so hatten Detlev und sein Kollege mich in der Raststätte entdeckt.

Natürlich war ich glücklich, dass ich bald wieder in meinen VW-Bus steigen konnte. Andererseits, ohne diese kleine Episode hätte ich Herrn Krol nie näher kennengelernt. Vielleicht würde ich ihn niemals wiedersehen, aber ich würde ihn und seine Suche nach der großen Liebe nie vergessen. Was mich beunruhigte, war, dass mein Handy immer noch verschwunden war. Fast mein ganzes Leben war ich ohne so ein Ding ausgekommen. Und jetzt bereitete es mir großes Kopfzerbrechen, dass ich es nicht mehr fand. Meine größte Sorge: Vielleicht hatte Mario inzwischen vergeblich versucht, mich anzurufen.

Ich schloss für einen Moment die Augen und stellte mir vor, dass ich mit Mario wie so oft am Strand auf unserer Picknickdecke lag. Das Wasser plätscherte dahin, die Wellen rollten ganz sanft aus. Aber plötzlich kam Robert des Weges. Er war ein Strandverkäufer, und ich erkannte ihn schon von Weitem an seinem Gang. Robert mischte sich in mein neues Leben. Ich sah genau, dass er auf mich und Mario zuging, aber er kam nicht näher, sondern blieb immer in derselben Entfernung. Ich wollte Mario fragen, ob er auch diese seltsame Erscheinung habe, aber dann war Robert plötzlich verschwunden. Stattdessen hörte ich vom Meer her ganz leise diese wunderschöne Singstimme. Die Stimme aus meinem Traum.

Kurz darauf hatten wir mit dem Polizeiwagen unser Ziel fast erreicht. Als wir von der Autobahn abbogen, sah ich schon aus der Ferne den VW-Bus.

Hardy schlang seine riesigen Arme um mich, so dass ich unter ihnen verschwand wie ein Kleinkind in einem Kleidchen, das schon Jahre im Voraus für die Einschulung gekauft worden war. Ich wehrte mich zuerst nicht gegen seine Umklammerung, aber als sein Griff enger und enger wurde, machte ich mich doch frei. Er trat einen Schritt zurück. Leicht ironisch musterte er mich.

»Na, das ist aber eine Wiedersehensfreude!«

»Ich freue mich ja auch, Sie wiederzusehen, aber wenn ich ersticke, war das ein kurzes Wiedersehen.«

Er lachte, ich blickte mich um und entdeckte die beiden Polizisten, Detlev und den Kollegen, die an ihrem Streifenwagen lehnten und uns beobachteten. Ich ging zu ihnen und bedankte mich ehrlich dafür, dass sie mich wieder mit Hardy und dem VW-Bus zusammengeführt hatten. Sie stiegen ein und fuhren weg, Detlev schob noch seine Mütze schief, die wohl aus Versehen korrekt saß, während ich mich Hardy zuwandte.

»Tut mir leid, ich wollte Sie nicht zurückweisen. Ich muss zugeben, dass ich Sie wirklich ein bisschen vermisst habe.«

»Nur ein bisschen?«

»Ein bisschen ist schon sehr viel für mich, und jetzt fangen Sie nicht das Handeln an.«

Er wollte mich abermals in den Arm nehmen, was ich aber nur für einen Moment zuließ. Ich wurde abgelenkt, und zwar von dem Bellen eines Hundes. Es war Kyra. Ihr Frauchen, Janis, tollte mit ihr auf der Wiese hinter dem Parkplatz herum. Klar, so ein großes Tier braucht seinen Auslauf.

»Sie haben die beiden mitgenommen?«

Hardy war überrascht, zwinkerte mit den Augen, weil ihn das Sonnenlicht etwas blendete.

»Woher wissen Sie das?«

»Sie haben mich überholt. Also, ich meine, mich in dem Wohnwagen.«

»Aber dann hätte ich Sie doch sehen müssen.«

»Aber vielleicht hat Ihnen das Riesenvieh auf dem Beifahrersitz die Sicht geraubt.«

»Mist! Ich hatte mir solche Sorgen um Sie gemacht und Sie überall gesucht.«

Ich war gerührt, wollte mir das aber nicht anmerken lassen, also fummelte ich an meiner Halskette herum, was Hardy mit einem Lächeln quittierte.

»Es ist nicht Ihre Stärke, Gefühle zu zeigen, Else.«

»Also, das ist eine Unverschämtheit. Ich kann sehr wohl Gefühle zeigen, aber eben nicht auf Kommando!«

»Warum stehen Sie dann nicht zu Ihren Gefühlen?«

Ich spähte an ihm vorbei in die Ferne, weil da etwas war, was mich irritierte. Ich hatte nur noch keine Ahnung, was. Aber es gibt Situationen, in denen man merkt, dass etwas nicht stimmt. Und dieses Gefühl hatte ich gerade.

»Sie weichen mir aus.«

»Ich weiche Ihnen nicht aus, Hardy.«

»Sie können mir nicht mal direkt ins Gesicht sehen.«

Wieder war ich abgelenkt. Da war etwas hinter den Büschen, die den Parkplatz von der dahinterliegenden Wiese trennten, auf der Janis mit Kyra tobte und Stöckchen warf.

»Hardy, ich sehe da was.«

Er drehte sich um und schaute in dieselbe Richtung, blickte mich dann wieder an.

»Vielleicht sollten Sie sich mal richtig ausschlafen.«

»Meinen Sie, ich bilde mir was ein?«

Hardy zuckte mit den Schultern, kramte nun in seiner Hosentasche, die, so schien es, unermesslich groß und tief war.

»Wissen Sie, dass ich Sie wirklich mag? Ich mag Sie, obwohl Sie so sonderbar sind.«

Ich wollte einhaken, aber er ließ mich nicht zu Wort kommen und wedelte mit der freien Hand in der Luft herum.

»Ich steh auf Leute, die etwas schräg sind. Und Sie ... gehören da definitiv dazu. Mit Ihren ganzen Schrullen und kleinen Macken. Echt, finde ich.«

Ich holte dreimal Luft und wollte mit meiner passenden Antwort loslegen, da hielt er mir ein Telefon vor die Nase. Es war mein Handy, auch wenn ich es nicht sofort erkannte, weil es reichlich zerkratzt war und etliche Schrammen hatte. Ich nahm es ihm aus der Hand.

»Mein Handy? Wie sieht das denn aus? Das ist ja völlig kaputt.«

»Kaputt ist was anderes. Damit kann man schon noch telefonieren.«

»Aber es ist völlig zerkratzt.«

Er riss mir das Handy wieder aus der Hand und hielt es hinter seinen Rücken.

»Wie wäre es mit ... danke schön, dass Sie es gefunden haben. Wo war es überhaupt?«

Ich räusperte mich ein paarmal, schaute ihm in die Augen und lächelte.

»Tut mir leid, Sie haben Recht. Danke! Wo haben Sie es denn her? Wo war es?«

Hardy zeigte zu Janis und Kyra, die sich nun beide – Hund wie Frauchen – in unsere Richtung bewegten. Er reichte mir das Handy.

»Der Hund hat es gefunden.«

»Und dann haben die beiden gleich Apportieren damit geübt?«

»Warum?«

»Na ja, wegen der Bissspuren.«

Jetzt war Hardy kurz davor, mir das Handy wieder wegzunehmen, aber dieses Mal war ich schneller.

»Also, der Hund hat es gefunden?«

»Ja.«

»Das heißt, ich hatte es doch aus dem Wohnwagen genommen?«

»Sieht so aus. Und später verloren.«

»Und dann?«

»Das Mädchen ist clever. Sie hat auf dem Handy gesehen, wen Sie zuletzt angerufen haben. Und das war ich.«

»Und dann?«

»Hat sie mich angerufen.«

»Ich verstehe.«

Ich überlegte einen Moment, aber es stimmte wohl. Ich hatte das Handy nicht im Wohnwagen liegengelassen. Und ich hatte mal versucht, Hardy anzurufen. Glücklich hielt ich das Telefon in der Hand, als Janis und Kyra uns erreichten.

Das Mädchen grüßte mich: »Hallo.«

»Hallo. Vielen Dank.«

»Wofür?«

Ich wollte antworten, doch dann überlegte ich es mir anders und rannte mit einem Mal los. Ich glaubte nun zu erkennen, was dort in dem Busch war und was mich schon die ganze Zeit so seltsam irritiert hatte. Meine Füße trippelten, so schnell sie konnten, über den Asphalt, und ich nahm im Laufen Fahrt auf. Ich weiß nicht, wie schnell ich in Wirklichkeit war, aber in meiner Vorstellung war ich verdammt schnell.

Vierzehn

Ich setzte schon zum Sprung über einen Rauhaardackel an, der von einem Kind an der Leine spazieren geführt wurde. Aber dann umkurvte ich ihn lieber im engen Kreis. Danach passierte ich einen dicken jungen Mann, der gerade in ein Fischbrötchen beißen wollte. Ich wurde fast von einer Familie aufgehalten, die den gesamten Kofferraum ihres Kombis ausgeräumt und den Inhalt auf dem Asphalt verteilt hatte. In einer engen Linkskurve schaffte ich es, auch dieses Hindernis zu umrunden. Wenn ich mich nicht täusche, dann gab es unter den Parkplatzbesuchern zwei oder drei, die meinen Einsatz mit Applaus begleiteten. Es könnten aber auch Eltern gewesen sein, die ungeduldig in die Hände klatschend ihren Nachwuchs zum Aufbruch drängten. Schließlich hatte ich fast den Busch erreicht, der den Parkplatz auf einer Seite begrenzte.

Im Allgemeinen waren die letzten Monate, war meine Zeit im Süden gemächlich und friedlich verlaufen. Auch wenn ich morgens oft schon früh aufstand, so doch nur, weil ich die ersten Sonnenstrahlen genießen wollte, und nicht, weil mich Hektik aus dem Bett trieb. Später am Tag folgte unser herrliches Frühstück auf der Terrasse, von der wir ganz in der Ferne das Meer blinken sehen konnten. Und wenn der Wind aus der richtigen Richtung wehte, so hörten wir auch die Brandung – mal mehr, mal weniger. Wir hatten unser Leben, hatten jeden Tag, in einzelne kleine Rituale unterteilt. So floss es dahin; ich vermisste damals nichts, sondern genoss jede einzelne Stunde. Mario und ich waren das perfekte Paar, auch wenn wir keines waren. Oder vielleicht gerade deswegen. Streit gab es zwischen uns beiden fast nie, und wenn, war er bald wieder vergessen. Und, wie gesagt, Hektik gab es auch nicht. Bis auf dieses eine Mal. Wir waren zu einem Ausflug in die nächste Kleinstadt aufgebrochen und schlenderten mit unseren Eisbechern in der Hand an der Strandpromenade entlang, als mich plötzlich ein Knattern erschreckte, das direkt von hinten auf mich zukam. Das Knattern gehörte zu einem Moped, auf dem zwei junge Männer in abgerissenen Jeans saßen. Der eine entriss mir mit roher Gewalt meine Handtasche. Meine alte, im Laufe der Jahre leider schon recht lädierte Handtasche, die Robert mir am Gardasee gekauft hatte. Ich liebe diese blaue Tasche. Und ich hatte es mir angewöhnt, vieles von persönlichem Wert in dieser Tasche mit mir zu tragen. Mario hatte sofort die Situation erkannt, warf seinen Eisbecher in hohem Bogen weg und nahm zu Fuß die Verfolgung auf. Natürlich war dieses Unterfangen ziemlich aussichtslos, so lange, bis sich von der anderen Seite der Straße ein Schwertransporter näherte, der überraschend um die Kurve bog und auf uns zubrummte. Die beiden mit meiner Tasche drehten mit ihrem Moped auf der Stelle um und wollten mit dem Diebesgut an uns vorbeirasen. Doch Mario tänzelte vor dem heranbrausenden Moped mal nach links, dann nach rechts wie ein nervöser Tennisspieler in Erwartung des gegnerischen Aufschlags. Das brachte die beiden Mopedfahrer so aus ihrer Bahn, dass sie stürzten und mit dem Moped über den Asphalt schlitterten. Dabei rissen sie Mario zu Boden, der wie eine kanadische Eiche gefällt wurde. Erst direkt vor einem klapprigen Eselskarren kam das Moped samt den beiden Dieben zum Halten. Im Hintergrund hörte ich Mario fluchen, heftig bemüht, irgendwie wieder auf die Beine zu kommen. Die beiden jungen Männer wollten das Moped aufrichten und ihre Flucht wieder aufnehmen, aber nun sah ich meine Chance gekommen. Ich fixierte sie und rannte los, dabei schrie ich: »Na wartet!«

Und: »Nicht meine Tasche.«

Die beiden sahen mich kommen und nahmen Reißaus. Schließlich warfen sie bei ihrer Flucht meine Tasche weg, die in einem Wassermelonenstand am Straßenrand landete. Damit erreichten sie, was sie wollten, denn ich gab die Verfolgung prompt auf. Meine Tasche hatte ich wieder, und das war alles, was ich wollte.

Marios geschwollenen Knöchel kühlten wir mit ein paar Eiswürfeln, die wir aus einer Karaffe mit Roséwein fischten, den wir später in einer Trattoria am Hafen genossen. So klang ein Tag friedlich und gemächlich aus, der von einem Action-Höhepunkt geprägt worden war, wie er in meinem südlichen Leben eine absolute Ausnahme bildete.

Jetzt rannte ich wieder. Ich hatte zwischen den Büschen jemanden entdeckt: Mario. Ich rannte, aber eine Bordsteinkante war hoch genug, dass mein linker Fuß einfach nicht drüberwollte. Ich stürzte. Doch hatte ich Glück im Unglück. Ein Truckerfahrer, der eben seine Rauchpause beendet hatte, stand meiner Sturzlaufbahn im Weg, und es war für den kräftigen Mann einfach, ein nicht mal fünfzig Kilo wiegendes Leichtgewicht aufzufangen.

»Hoppala, da hat es aber jemand eilig.«

Sanft setzte er mich auf dem Boden ab, ich nickte dankbar.

»Vielen Dank, sehr freundlich.«

Ich klopfte kurz über mein Kleid, gab meinem Retter zum Dank noch die Hand, dann ein Blick in Richtung des Busches. Mario war nicht mehr da. Nichts von ihm zu sehen. Kurze Zeit später war ich wieder bei Hardy.

»Aber Sie müssen ihn doch auch gesehen haben.«

»Tut mir leid, Sie können mich noch hundert Mal fragen, aber ich habe ihn nicht gesehen.«

»Wirklich nicht?«

Hardy schüttelte energisch den Kopf und strich mir über die Haare, was ich mir ausnahmsweise gefallen ließ. Ich konnte wirklich Trost gebrauchen. Gut, es war schon länger so, dass meine Fantasie öfters mit mir durchging. Aber dass ich wieder mal das Gefühl hatte, Mario gesehen zu haben, verwirrte mich. Ich schüttelte meinen Kopf, so als würde ich versuchen, dadurch meine Gedanken in Ordnung zu bringen. Aber das war doch Mario in dem Busch gewesen?! Das musste er gewesen sein. Auf jeden Fall hatte da ein Mann gestanden. Das hatte ich mir nicht eingebildet, und dieser Mann war schon von der Statur her Mario, auch wenn er zum großen Teil von Zweigen und Blattwerk verdeckt war.

Plötzlich wurde ich aus meinen Gedanken aufgeschreckt, als jemand einen nassen Lappen über meine rechte Hand zog. Nur dass dieser nasse Lappen kein Lappen war, sondern die Zunge eines Hundes: Kyra. Sofort zuckte ich zurück.

»Iiih, spinnst du?«

Janis erschien neben ihrem zotteligen Riesen und zwinkerte mir entschuldigend zu.

»Sorry. Das macht sie sonst nie. Oder jedenfalls selten. Nur wenn sie jemanden mag.«

Ich musste an Fellini denken.

»Na schön, dann mag sie mich also.«

Ich wischte mir nicht gerade damenhaft die Hand an meinem Kleid ab, Kyra fühlte sich, nach ihrem Blick zu urteilen, völlig unschuldig.

Die Kratzer an meinem Handy hatte ich schnell vergessen, war ich doch vor allem dankbar, dass ich mein Telefon wiederhatte. Und es funktionierte noch. Leider war aber kein Anruf von Mario eingegangen. Mein Dank an Janis und Kyra war herzlich. Janis – ich nannte sie, wie gesagt, nach einer amerikanischen Sängerin aus alten Zeiten – wollte so schnell wie möglich nach Norden. Wie sie mir verriet, hatte ihr geliebter Großvater am nächsten Tag Geburtstag. Und sie wollte ihn um jeden Preis überraschen.

Es war inzwischen schon spät geworden, und der Abend näherte sich. Allerdings hatten weder Hardy noch ich Lust, auf einer Autobahnraststätte zu übernachten. Gott sei Dank erblickten wir, nicht weit entfernt, ein kleines Dorf. Schon bei früheren Ausflügen mit Robert war mir aufgefallen, dass sich nicht weit von lauten und trubeligen Autobahnen oftmals kleine heile Welten erhalten hatten. Das Essen schmeckte dort meist köstlich, vom Kaiserschmarrn bis zum Wildgulasch.

In diesem Dorf unweit der Autobahn wollten wir uns nach einem Gasthof umsehen. Und da Janis niemand fand, der sie – und vor allem den Hund – mitnehmen wollte, schloss sie sich uns an.

Während Hardy mit dem Wagen fuhr, begleitete ich Janis und Kyra über ein paar Wiesen, bis wir das Dorf zu Fuß erreicht hatten. Gleich neben der Kirche präsentierte sich in voller Pracht das Dorfgasthaus. Es gab noch Zimmer. Zwei getrennte Zimmer für Hardy und mich. Jeder für sich. Dabei weiß ich gar nicht, ob ich nicht sogar lieber abermals ein Doppelzimmer mit ihm geteilt hätte. Irgendwie hatte ich mich inzwischen an diesen leicht ungehobelten, aber auch einfühlsamen Mann gewöhnt. Ich war in diesem Moment, als wir mit dem Wirt über die Zimmer sprachen, so auf Hardy konzentriert, dass ich Janis aus den Augen verlor – was mir nicht viel später noch mal bitter in den Sinn kommen sollte.

Fünfzehn

Kurz vor Sonnenuntergang saßen Hardy und ich auf der Holzbank an einer Wand vor dem Gasthof. Wir saßen da wie ein altes Ehepaar und schauten den Blättern zu, die im Wind hin und her tänzelten.

»Ich kann schon verstehen, dass Mario Ihnen fehlt. Sie waren jeden Tag zusammen.«

»Was wollen Sie damit sagen?«

»Das, was ich gesagt habe. Dass er Ihnen fehlt.«

»Und Sie wollen sagen, dass ich mir das nur einbilde, wenn ich ihn sehe. Meinen Sie, ich bin verrückt geworden?«

»So schnell wird man nicht verrückt.«

Hardy lachte und rieb sich die Nase.

»Nicht jeder, der in der Wüste eine Fata Morgana sieht, ist deswegen gleicht verrückt.«

»Aber oft kurz davor. Nach zwei Wochen ohne Wasser.«

»Jeder Mensch hat hin und wieder Einbildungen. Und die müssen nicht wahr sein.«

»Sie haben leicht reden, Hardy. Haben Sie denn auch Einbildungen?«

Er hustete, dieses Mal wohl eher aus Verlegenheit, weil er nicht sofort wusste, was er auf meine Frage antworten sollte. Dann legte er seinen Arm um mich. Da war eine plötzliche Nähe. Ich genoss sie – das erste Mal so richtig, seitdem ich ihm begegnet war.

»Ich bilde mir ein, dass ich ein wunderbares Jahr vor mir habe.«

Dieser Satz von ihm überraschte mich, und ich rückte ein bisschen von ihm weg, um ihn besser sehen zu können.

»Warum sagen Sie so etwas? Warum sollten Sie kein wunderbares Jahr vor sich haben?«

Er zuckte mit den Schultern, setzte ein Lächeln auf, das mir allerdings etwas verkrampft erschien.

»Vielleicht habe ich ja eins vor mir. So richtig wissen kann das keiner, oder?«

»Genauso wenig, wie Sie wissen können, dass da nicht doch Mario im Busch war.«

»Geben Sie zu, dass das wirklich lächerlich klingt. Was sollte er da machen? Warum sollte er uns heimlich folgen? Und das würde er, wenn er sich vor uns in einem Busch versteckt. Glauben Sie mir, da war kein Mario.«

»Vielleicht haben Sie Recht. Vielleicht ist das nur mein Wunsch, dass er dort war. Aber ich verstehe es einfach nicht. Was ist mit ihm? Ich kenne Mario noch nicht so lange, aber in den letzten Monaten waren wir fast immer zusammen. Ich kann mich in einem Menschen nicht so täuschen. Dass er sich so gar nicht mehr bei mir meldet, ist nicht normal.«

Ich starrte Hardy mit großen Augen an und stupste ihn an der Schulter.

»Bitte, Hardy, seien Sie ehrlich. Sie wissen mehr, als Sie sagen. Was wird hier gespielt?«

Er legte seine rechte Hand flach auf sein Herz und klopfte ein paarmal gegen die Brust.

»Ich schwöre Ihnen, ich weiß nicht mehr als Sie. Mich hat Mario nur gebeten, diese Sachen von ihm zusammen mit Ihnen nach Norden zu bringen. Das ist alles. Glauben Sie mir, ich wäre froh, wenn ich Ihnen mehr sagen könnte. Kann ich aber nicht.«

Unsere Blicke trafen sich, und wir wichen einander nicht aus. In diesem Moment hatte ich das starke Gefühl, dass er mich nicht anlog. Nein, diese Augen logen nicht. Etwas versunken saßen wir so eine Weile. Sicher länger als eine Viertelstunde. Sollte ich wirklich ein Opfer meiner Wünsche und Einbildungen geworden sein? Es gab wahrlich, da hatte Hardy Recht, keinen Grund dafür, dass Mario uns heimlich folgte.

Schließlich gingen wir zu Bett. Ich ließ den Vollmond in mein Zimmer scheinen und schaute durch das Fenster hindurch zum Himmel hinaus. Ich lag wach. Und wach. Schließlich wurde mir klar, dass ich viel zu unruhig, zu verwirrt war, dass viel zu viel passiert war in meinem Leben, als dass ich sofort hätte einschlafen können. Erst als es schon dämmerte, sank ich endlich ermattet in die Kissen und versank in meine Traumwelt. Geweckt wurde ich noch im Morgengrauen von einem Motorengeräusch, das von direkt unter meinem Fenster hochdröhnte. Ich erkannte dieses Geräusch sofort und schreckte hoch. Als ich ans Fenster hechtete, konnte ich eben noch unseren VW-Bus sehen, wie er um die Hausecke bog. Was blieb, war ein leerer Platz vor dem Gasthof.

Sechzehn

Ich warf mir hektisch meinen Straßenmantel über die Schultern, darunter trug ich nur mein geblümtes Nachthemd, und zog, noch während ich die Tür meines Zimmers aufstieß, meine beiden Straßenschuhe über. Allerdings war wirklich keine Zeit mehr dafür, die Schnürsenkel zu binden. So polterte ich die Holztreppe hinunter. Mit ganzer Kraft musste ich unten die schwere Eingangstür aus Eichenholz aufstemmen. Dort, wo gestern noch der VW-Bus gestanden hatte, mein VW-Bus, war nur gähnende Leere. Der Wagen war weg. Mein Herz raste so schnell wie das eines jungen Hamsters im Laufrad. Ich schloss die Augen, um sie sofort danach wieder zu öffnen – in der Hoffnung, dass dies alles nur ein böser Alptraum gewesen war. Ich weiß, dass ich solche Versuche häufiger anstelle und diese nie den gewünschten Effekt bringen. Und auch dieses Mal änderte sich leider nichts an dem bitteren Umstand. Der Wagen war weg und mit ihm alle Sachen. All meine persönlichen Sachen, auch meine Handtasche, die ich unvorsichtigerweise im Bus gelassen hatte. Meine Handtasche mit meinem ganzen Leben drin, mit vielen Erinnerungsstücken und Puzzleteilen aus fast achtzig Jahren. Und meine »Kruschtelkiste«, meine Holzkiste mit all meinen persönlich wertvollen Dingen. Alles war weg. Jemand musste den VW-Bus gestohlen haben. Ich schüttelte mich wie ein Vogel nach seinem Morgenbad und versuchte, einen klaren Gedanken zu fassen. Wer konnte es auf unseren alten VW-Bus abgesehen haben? Da gab es doch wahrlich andere Fahrzeuge, die es mehr lohnten, geklaut zu werden. Ich musste sofort mit Hardy reden.

Ich klopfte und klopfte an seiner Zimmertür, ohne dass sich etwas regte. Das Einzige, was sich regte, war die Zimmertür gegenüber, aus der ein dürrer Mann im Unterhemd kam, der mich, offenbar noch halb im Tiefschlaf, anfauchte. Entweder waren seine Zähne noch im Glas auf dem Nachttisch oder er sprach in einer mir völlig unbekannten exotischen Sprache. Jedenfalls verstand ich kein Wort. Da ich befürchtete, mein Klopfen könnte noch andere Gäste aus den Betten auf den Gang locken, öffnete ich kurzerhand die Tür zu Hardys Zimmer und spähte in den Raum. Ich ging hinein und schloss die Tür hinter mir. Das Bett war benutzt, aber niemand lag darin. Auf jeden Fall kein Hardy. Er war weg. Verschwunden. Hatte er den VW-Bus genommen und war Hals über Kopf damit abgehauen? Aber warum? Ich verstand die Welt nicht mehr und verfluchte mich, dass ich Hardy immer mehr vertraut hatte. Ich hätte vielmehr auf diese Stimme in meinem tiefsten Inneren hören sollen, die mich von Anfang an vor diesem Mann gewarnt hatte. Aber wer hört schon auf eine alte Frau? Nicht mal ich selber. Warum wird man im Alter nicht schlauer? Warum nicht ich, Oma Else?

Ich setzte mich auf das Bett, mitten auf die dicke Zudecke, die einen kleinen Hügel bildete. Meine Füße reichten gerade noch bis zum Boden, und meine beiden Halbschuhe streiften hin und her über die Holzdielen. Ich fühlte mich am Ende, konnte nicht mehr. Das war alles zu viel für mich. Ich ließ mich nach hinten auf das Bett fallen und starrte zur

Decke hoch. Eine große Spinne – also in meinen Augen eine riesengroße, da ich schreckliche Angst vor solchen Tieren habe – krabbelte kopfüber an einem der Holzbalken entlang. Normalerweise hätte ich schreiend das Weite gesucht, aber in diesem Moment wollte ich nur noch liegen. Ich schlug mit beiden Händen, so fest ich konnte, auf die Matratze, wieder und wieder. Wie konnte ich nur so dumm sein, einem Menschen wie Hardy zu vertrauen? Wie konnte sich dieser Mensch nur so heimtückisch in mein Leben schleichen? Ich glaube, ich habe mich in meinem ganzen Leben noch nie so einsam und allein gefühlt wie in jenen Sekunden, aus denen nach und nach Minuten wurden. Ich beobachtete die Spinne, die sich inzwischen in ihrem Netz bewegte – sicher und berechnend. Denn an einem Ende des Netzes hing eine kleine Fliege und flatterte im Todeskampf. Je mehr sie versuchte zu entkommen, umso aussichtsloser wurde ihr Kampf.

Ein kleiner Windstoß wehte durch das nur angelehnte Fenster. Ich musste unwillkürlich daran denken, dass ein Wind schon häufiger mein Leben aus der Bahn gefegt oder ihm andererseits neuen Schwung gegeben hatte. Ich zog mir einen Zipfel der Decke über den Oberkörper. Plötzlich war mir kalt geworden. Ich fror. Der frühe Winter zog durch den Raum. Dann noch ein Windstoß und noch einer. Mit leichtem Knarzen wurde das nur angelehnte Fenster weiter aufgedrückt, erst zentimeterweise und dann mit einem kräftigen Ruck so weit, bis es gegen die Wand prallte. Dabei wurde das Spinnennetz zerrissen. Die mühevolle Arbeit der Spinne war mit einem Schlag zerstört, und das Tier fiel nach unten. Direkt auf mich. Ich schrie, schreckte hoch und stellte mich in einer nahezu akrobatischen Aktion auf das Bett. Hektisch drehte ich mich um die eigene Achse, das Tier suchend. Die weiche Matratze unter mir gab nach, und bevor ich wieder in die Kissen fiel, konnte ich mich gerade noch mit einer Hand am schmiedeeisernen Kopfteil festhalten. Mein Blick fiel auf das zerrissene Spinnennetz. Was mit der Fliege geschehen war, wusste ich nicht. Aber eines wusste ich in diesem Augenblick: Ich würde nicht so schnell aufgeben. Mit dem Ärmel meines Mantels wischte ich mir übers Gesicht. Dieser Windstoß hatte mir neuen Lebensmut geschickt. Es war ein Ruck. So stand ich auf dem Bett, in dem bis vor kurzem noch Hardy geschlafen hatte, und dachte nach. Ich wollte mich nicht so ohne weiteres damit abfinden, dass Hardy weg war und mit ihm der VW-Bus.

Während ich so sinnierte und dabei nervös auf der Matratze wie auf einem Trampolin herumhüpfte, entdeckte ich etwas, was mich verwirrte. Es war die Jacke von Hardy, die über einem Stuhl hing, der nicht weit vom Bett mitten im Raum stand. Diese schwarze, zerknitterte Jacke mit den Ärmelschonern, die er immer trug. Warum hatte er sie nicht mitgenommen? Vielleicht hatte er überstürzt aufbrechen müssen? Aber warum? Oder war er mit dem Bus nur kurzfristig weggefahren, um gleich wiederzukommen? Aber wohin? Ich versuchte, einen klaren Gedanken zu fassen, aber ich schaffte nur ein Potpourri von vielen kleinen Gedanken. So sprang ich vom Bett, besser gesagt, ich kletterte eher mühevoll vom Bett herunter. Auf alle meine Fragen würde ich in der Jacke von Hardy vielleicht eine Antwort finden, so mein Gedanke.

Ich hasse es, anderer Leute Sachen zu durchsuchen. So etwas macht man nicht. Und auch ich, Oma Else, mache so etwas normalerweise nicht. Aber war das nicht ein Notfall? Aus der rechten Jackentasche kramte ich eine alte Pfeife, aus deren Kopf noch etwas Tabak bröselte. Seltsam, denn in meiner Gegenwart hatte Hardy nie geraucht. Dazu ein Feuerzeug aus Silber, so eines, von dem man sagt, dass es auch bei Sturm funktioniert. Dann war da noch die Visitenkarte von einem Restaurant in einem Ort, den ich nicht kannte, sowie einige Zettel, auf denen jemand, wohl Hardy, handschriftlich Notizen gemacht hatte. Allerdings in einer so unleserlichen Schrift wie die, in der der Hausarzt meines geliebten Robert immer die Rezepte ausgestellt hatte. Ich habe eine Hochachtung vor Apothekern und will nicht ausschließen, dass manche von ihnen über hellseherische Fähigkeiten verfügen. Ich versuchte, etwas auf den Zetteln zu entziffern, aber schon das erste Wort hätte sowohl »Eisenbahnelefant« wie auch »Ethnologenbrei« heißen können. Ich gab auf und suchte lieber weiter nach etwas, was mir in meiner Lage weiterhelfen könnte. Irgendeinem Hinweis. Die andere Außentasche war leer, allerdings fand ich in der Innentasche ein Kuvert, offenbar mit einem Brief darin. Mit zittrigen Händen fingerte ich das Kuvert aus der Jackentasche, erinnerte ich mich in dem Moment doch nur zu gut daran, dass ich mit fremden Briefen schon viel Schlamassel in mein Leben gebracht hatte. Nie wieder wollte ich einen Brief lesen, der nicht für mich bestimmt war. Das hatte ich mir damals geschworen, und diesen Schwur wollte ich keinesfalls brechen. Also steckte ich das Kuvert samt Inhalt zurück in die Innentasche.

Zwei Minuten später hielt ich den Umschlag wieder in meinen Händen. Ich drehte ihn hin und her. Es war kein Absender und kein Adressat darauf vermerkt. Ich drehte den Brief mehrmals in alle Richtungen und hielt ihn gegen das Licht am Fenster. Aber natürlich war nichts zu erkennen.

Ich musste den Umschlag öffnen, um mehr zu erfahren, und das tat ich dann auch.

Ich setzte mich auf das Bett und las in einer Mischung aus Schaudern und Traurigkeit, was dort geschrieben stand. Es war kein langer Brief, eher knapp und kurz formuliert. Aber dennoch oder vielleicht gerade deswegen las ich ihn mehrmals, vielleicht auch, weil ich den Inhalt nicht glauben konnte und wollte. Ich schluckte, starrte auf das Papier in meinen Händen, fühlte mich in einer anderen Welt. In einer Welt voller Stille und Leere.

In diese Stille hinein mischten sich plötzlich Schritte, und es brauchte einen Augenblick, bis ich begriffen hatte, dass diese Schritte nicht das Ergebnis einer meiner Einbildungen waren, sondern die reine Wirklichkeit. Jemand näherte sich dem Zimmer. Blitzschnell ließ ich den Brief wieder in dem Kuvert verschwinden und das Kuvert in der Innentasche der Jacke. Da die Schritte nun schon erheblich lauter wurden, war an eine Flucht nicht mehr zu denken. Ich konnte schlecht aus dem Fenster springen, war das Zimmer doch im ersten Stock. In meinem fortgeschrittenen Alter sollte man besser darauf achten, dass man sich keinen Knochen bricht, und bei einem Sprung auch nur aus dem ersten Stock würde ich mir sicherlich nicht einen, sondern Dutzende von Knochen brechen. Panisch blickte ich mich um. Ich war in einem Zimmer, in dem ich nichts zu suchen hatte, außerdem plagte mich das schlechte Gewissen wegen dieses Briefes, den ich gerade gelesen hatte. Ich wollte mich auf keinen Fall jetzt hier erwischen lassen, weder von Hardy, sofern er es war, der sich näherte, noch von irgendjemand anderem. Das Einzige, was mir blieb, war das Bett. Ich weiß nicht, wie ich es geschafft habe, so schnell unter das Bett zu kriechen, aber ein guter Stoß Adrenalin kann auch alten Knochen neues Leben einhauchen.

Ich lag also unter dem Bett, lauschend, die Luft anhaltend. Die Schritte waren nicht mehr zu hören. War derjenige schon in den Raum gekommen oder etwa vorbeigegangen? In meiner Hektik hatte ich nicht darauf geachtet, also musste ich jetzt versuchen, die Wahrheit aus der Stille herauszuhorchen. Doch da war nichts zu hören, vielmehr sah ich etwas. Die Spinne krabbelte keinen Meter von mir entfernt an der Unterkante der Matratze entlang. Meine Augen weiteten sich, ich wollte schreien, konnte aber nicht, weil ich gleichzeitig eine Lähmung quer durch meinen Körper hindurch verspürte.

Siebzehn

Ich weiß nicht, wie lange ich so fast gelähmt unter dem Bett in Hardys Zimmer lag, als ich mit einem Mal eine vertraute Stimme hörte.

»Was machen Sie da unter meinem Bett?«

Ich bemerkte, dass eines meiner Beine unter dem Bett hervorragte und mich verraten hatte. Es jetzt noch unters Bett zu ziehen machte keinen Sinn.

»Bitte helfen Sie mir heraus.«

»Warum sollte ich?«

»Weil ... weil hier eine riesige Spinne ist, die, glaube ich, gerade schlechte Laune hat.«

»Das beantwortet nicht meine Frage. Was machen Sie unter meinem Bett?«

»Das sage ich Ihnen, wenn Sie mir heraushelfen.«

Eine schier unendliche Pause. Hardy sagte erst mal nichts auf meinen Vorschlag hin. Die Spinne war wieder verschwunden.

»Sie meinen, ich soll Sie an den Beinen rausziehen?«

»Es ist mir völlig egal, wie Sie es machen, aber tun Sie endlich was.«

»Aber unter das Bett sind Sie auch alleine gekommen, oder?«

»Jaaaaaaa.«

»Okay, okay, ich helfe Ihnen.«

Und damit zog er so kräftig an meinen beiden Beinen, dass ich befürchten musste, als Torso zu enden.

»Aua, sind Sie verrückt geworden? Sie sollen mir nicht die Beine ausreißen.«

»Jetzt stellen Sie sich nicht so an. Sie sind doch sonst nicht so wehleidig.«

»Ich bin nicht wehleidig.«

Wieder zog er, dieses Mal etwas sanfter, wie ich sofort bemerkte. Langsam glitt ich unter dem Bett wieder hervor. Er half mir auf, indem er meinen kleinen Körper in die Luft hob und mich dann einfach senkrecht aufstellte. Ich klopfte mir den Staub vom Mantel. Dann musterte ich ihn streng. Angriff ist oft die beste Verteidigung.

»Wo waren Sie, Hardy?«

»Ich habe meine morgendlichen Übungen gemacht. Draußen auf der Wiese. Sie wissen doch, dass ich morgens immer meine Übungen mache.«

Mir fiel ein, dass ich Hardy dabei gesehen hatte, wie er vor unserem Häuschen so eine Art Tai-Chi übte. Ich verstehe nichts davon, wäre dafür auch völlig ungeeignet, weil viel zu ungeduldig. Ich werde schon verrückt, wenn im Supermarkt vor mir eine Rentnerin ewig nach passendem Kleingeld kramt. Dabei bin ich selber eine Rentnerin.

Hardy riss mich aus meinen Gedanken.

»Aber was machen Sie in meinem Zimmer? Das würde mich mal interessieren!«

»Ich habe Sie gesucht.«

»Mich?«

»Ja.«

»Unter dem Bett?«

»Ja, nicht direkt.«

»Sondern?«

»Hardy, jetzt seien Sie doch nicht so kleinlich. Ich habe Sie eben gesucht. Basta!«

»Und warum?«

»Das wissen Sie noch gar nicht?!«

»Was weiß ich noch nicht?«

»Der VW-Bus ist weg.«

Hardy blickte mich an wie jemand, der gerade erfahren hat, dass die Erde doch eine Scheibe ist. Sein Unterkiefer hing steil nach unten, und auf den Lippen bildeten sich kleine Bläschen.

»Das ist nicht wahr.«

Wie er so vor mir stand, glaubte ich ihm spontan, dass er mit dem Verschwinden des Wagens nichts zu tun haben konnte. Zumal aus seinem Mund eine Frage folgte, die ich mir auch schon gestellt hatte.

»Aber wer stiehlt so ein altes Auto? Und warum?«

Ich zuckte mit den Schultern, und mir wurde in diesem Moment noch mal klar, dass mit dem Wagen alles Persönliche aus meinem Leben verschwunden war. Ich stand zwar immer noch mitten im Raum in diesem Gasthaus, aber irgendwie fühlte ich mich wie ausradiert.

»Fragen wir mal anders, Hardy. Wer hatte eine Gelegenheit, den Wagen zu stehlen?«

»Wie meinen Sie das?«

»Wie ich es gesagt habe. Gibt es einen Hinweis darauf, wer ihn gestohlen haben könnte? Zum Beispiel: Hatte jemand eine Gelegenheit dazu?«

Hardy drehte sich von mir weg, so als wollte er meinem Blick ausweichen. Doch ich ließ nicht locker.

»Was ist denn? Verschweigen Sie mir was?«

»Ich hab dem Mädchen den Schlüssel geliehen.«

»Wie bitte?«

»Ich hab dem Mädchen den Schlüssel geliehen.«

»Welchem Mädchen denn? Janis etwa?«

»Ja.«

»Sie haben was?«

»Ich habe ihr … ach, ich werde es nicht noch mal wiederholen.«

»Aber warum? Warum haben Sie ihr den Autoschlüssel gegeben?«

»Sie hatte nicht so viel Geld, um sich hier einzuquartieren, und wollte lieber im Wagen schlafen.«

»Wie konnten Sie nur? Das hätten Sie sich denken können, dass so jemand die Chance ergreift und das Auto klaut.«

»Das ist doch gar nicht sicher.«

»Nein? Wer war es denn dann?«

»Das weiß ich auch nicht.«

»Wie kann man nur so naiv sein?«

»Und Sie denken immer nur das Schlechteste von den Menschen.«

»Das ist nicht wahr.«

»Nein? Warum sind Sie dann hier rein? Wahrscheinlich haben Sie zuerst gedacht, ich wäre mit dem Wagen über alle Berge.«

Ich wurde innerhalb einer Zehntelsekunde so rot wie die Sonne beim Untergang am Wüstenhorizont. Und doch sagte ich: »Nein«, und fühlte mich sehr unwohl dabei.

Hardy schüttelte seinen Kopf, die Haare flogen leicht herum. Dann blickte er mich mit Augen an, die, wie mir schien, immer größer wurden. Größer und größer. Ich schluckte, dachte plötzlich an den Brief in seiner Jacke und an das, was ich darin gelesen hatte. Er wusste nicht, dass ich es wusste. Aber ahnte er vielleicht etwas in dieser Richtung?

Achtzehn

Das Dorf in der Nähe der Autobahn, in dem wir gestrandet waren, schmiegte sich an einen Hang, so dass die letzten Häuser ganz oben nur über schmale Wege zu erreichen waren. Robert und ich hatten früher gerne in so einer Gegend Urlaub gemacht, in den Bergen.

Die kleine Polizeistation des Ortes lag etwas außerhalb und war in einem alten Bauernhof untergebracht. Der pummelige Polizist hatte ein mondrundes Gesicht und lugte hinter seiner zu kleinen Nickelbrille hervor. Er wirkte ziemlich skeptisch, als er uns beide so musterte. Selbstverständlich werde die örtliche Polizei alles unternehmen, um den gestohlenen Wagen wieder aufzutreiben, nur seien sie gerade personell etwas unterbesetzt. Genau genommen hatte er zwei Kollegen, und die waren mit dem einzigen Streifenwagen unterwegs. Sie hätten einen akuten Einsatz. Es galt, einen entlaufenen Stier wieder einzufangen. Natürlich notierte der Polizist unsere Angaben zum Fahrzeug und zu der mutmaßlichen Diebin akribisch, aber nachdem wir die Polizeistation am Rande des Ortes verlassen hatten, beschlich uns beide das Gefühl, dass wir uns in dieser Sache nicht auf die Polizei würden verlassen können.

»Haben Sie eine Idee? Was sollen wir machen, Hardy?«

»Ich finde, wir sollten die Verfolgung aufnehmen.«

»Aber wir wissen doch gar nicht, wohin sie gefahren sein könnte.«

»Also einen Anhaltspunkt haben wir immerhin. Sie wollte nach Norden.«

Hardy ballte seine Rechte zur Faust und schlug sie in die linke flache Hand. Er hatte ein Funkeln in den Augen und blinzelte mich an.

»Man darf nie aufgeben! Niemals im Leben!«

Ich lachte und gab ihm Recht. Nach Roberts Tod damals hatte auch ich gelernt, dass es keinen Sinn hatte, den Kopf in den Sand zu stecken und sich vor dem Leben zu verbergen. Ich knuffte Hardy mit meiner kleinen Faust gegen die Schulter.

»Aber wie bitte sollen wir die Verfolgung aufnehmen? Wir haben kein Auto mehr.«

»Dann müssen wir eben trampen.«

Keine halbe Stunde später standen Hardy und ich mit den paar Sachen, die uns verblieben waren, am Straßenrand der Landstraße, die parallel zur Autobahn verlief. Wir zeigten mit unseren Daumen an, dass wir mitgenommen werden wollten. Allerdings hielt kein einziges Auto, sie rauschten vielmehr nur so an uns vorbei. Hin und wieder verlangsamte der ein oder andere das Tempo, aber keiner hielt an. Dann war Hardy plötzlich verschwunden. Ich war so in Gedanken, dass ich zuerst gar nicht gemerkt hatte, dass er plötzlich weg war. Panisch suchend blickte ich mich um und erspähte ihn schließlich halb verdeckt hinter einer dicken Eiche.

»Verdammt, was machen Sie denn da hinter dem Baum?«

»Wenn Sie alleine da vorne stehen, haben wir eher eine Chance, mitgenommen zu werden.«

»Warum das denn?«

»Sie sind eine Frau.«

»Aber eine alte Frau.«

»Aber Sie haben Charme.«

»Sie Schwätzer!«

»Doch – glauben Sie mir. Das habe ich Ihnen einfach noch nicht gesagt. Aber Sie sind eine tolle Frau.«

Der Boden unter mir wurde etwas schwammig, und meine Knie vollführten kreisrunde Bewegungen. Ich hätte Hardy in diesem Augenblick knutschen können, aber ich wollte mir meine Entzückung nicht anmerken lassen.

»Jaja, sparen Sie sich Ihre Schleimereien.«

»Ihnen kann man aber auch gar nichts recht machen.«

Komplimente annehmen zu können ist ein Talent, das nicht alle Menschen besitzen. Ich habe dazu so viel Talent wie zum Salsa-Tanzen oder zum Memory-Spielen. Gar keins. Beim Memory, das Mario so gerne spielt, kann ich immer nur mit Sicherheit sagen, wo die gesuchte Karte nicht liegt. Ich winkte Hardy hinter dem Baum zu und nahm mir vor, auf seine Komplimente in Zukunft netter zu reagieren. Aber nun sagte er nichts mehr, sondern versteckte sich völlig hinter der Eiche.

»Na, schöne Frau, wohin soll's denn gehen?«

Die hohe, wenn auch männliche Stimme traf mich völlig überraschend, und ich zuckte zusammen. Sie quäkte etwas.

Neben mir hatte ein Sportwagen angehalten, ein Cabrio, rot. Ich verstehe nichts von Autos, aber dieser Wagen vor mir sah schon schick aus. Hinter dem Steuer saß ein Mann, ich schätzte ihn etwas über siebzig, in einem weißen Anzug. Er trug eine Sonnenbrille, die sicherlich auch James Bond hätte gefallen können. Langsam schob er die Brille mit einer Hand hoch und steckte sie in die Haare. Ich nestelte an dem obersten Knopf meines Mantels herum.

»Wie bitte?«

»Ich fragte, wo Sie denn hinwollen? Ich könnte Sie ein Stückchen mitnehmen.«

»Wohin fahren Sie denn?«

Er lachte ausnehmend, so dass sich seine gebleichten Zähne in ganzer Breite zeigten. Sicherlich gäbe dieser Mann einen wunderbaren Werbeträger für ein Seniorenheim auf den Seychellen ab. Wie er mich so freundlich, aber auch in dieser Macho-Art angrinste, gab ich ihm für mich den Namen »der alte Dieter«. So könnte ich mir diesen Popsänger vorstellen, den aus den unzähligen Jurys, wenn er mal noch älter ist.

»Sie wissen also nicht, wohin Sie wollen?«

»Doch. Nein.«

Ich blickte auf das Cabrio und stellte fest, dass es ein Zweisitzer war. Damit war in Sekundenschnelle klar, dass es für mich, also für uns, Hardy und mich, nicht in Frage kam. Ich blickte zu der Eiche, aber dort war kein Hardy mehr. Er hielt sich völlig versteckt.

»Vielen Dank, dass Sie gehalten haben, aber ich kann bei Ihnen nicht mitfahren.«

»Warum nicht? Haben Sie etwa Angst vor mir?«

»Nein, aber ich bin nicht alleine.«

Der alte Dieter sah mich erstaunt und auch fragend an. Er zog die Augenbrauen hoch.

»Ich fürchte, ich verstehe nicht ganz. Was meinen Sie?«

Ich blickte wieder zu der Eiche, hinter der sich Hardy versteckte. Ich rief in seine Richtung.

»Hardy, wo sind Sie denn?«

Aber Hardy zeigte sich nicht, während der alte Dieter seine Sonnenbrille langsam vom blonden Haarschopf zurück auf die Nase gleiten ließ. Er musste den Eindruck gewinnen, dass vor ihm eine wundersame, reichlich durchgeknallte Alte stand, die nicht mehr ihre fünf Sinne beisammenhatte.

»Tja, ich muss dann wieder. Und Ihnen noch einen schönen Tag.«

Der alte Dieter trat aufs Gaspedal und ließ den Motor kurz aufheulen. Dann brauste er davon.

»Sie haben mich blamiert, Hardy. Ich habe dagestanden wie der letzte Depp.«

»Warum sind Sie denn nicht eingestiegen und mitgefahren? Ich wollte Ihnen diese Chance nicht kaputt machen.«

Hardy und ich schlenderten die Landstraße entlang, auf dem schmalen Grünstreifen, direkt neben der Fahrbahn. Weil uns nach dem alten Dieter niemand mehr hatte mitnehmen wollen, hatten wir uns entschlossen, erst einmal zu Fuß weiterzugehen. Hin und wieder hielten wir im Gehen den Daumen raus, wenn sich von hinten ein Wagen näherte. Das taten wir, ohne uns umzudrehen und uns umzublicken, hatten wir doch wenig Hoffnung, Erfolg zu haben.

»Wie? Sie glauben doch nicht, dass ich ohne Sie in ein Auto gestiegen wäre!«

»Nein?«

»Ganz bestimmt: nein!«

Er blieb stehen, so dass auch ich stehen blieb, und rieb sich die Nase.

»Und warum nicht?«

»Weil … weil wir ein Team sind. Jetzt haben wir schon so viel miteinander erlebt, da müssen wir zusammenhalten.«

»Das sehe ich genauso. Aber andererseits war dieser Mann doch nicht uninteressant.«

Ich spürte, wie er mich musterte. Aber diesen Spaß wollte

ich ihm nicht gönnen. Also versuchte ich, einen verträumten Blick aufzusetzen.

»Ja, da haben Sie sicher Recht. Das war schon auf den ersten Blick ein ganz wunderbarer Mann. Ein echter Gentleman. Und haben Sie diese strahlenden Augen gesehen?«

Ich versuchte, aus den Augenwinkeln heraus etwas von Hardys Reaktion zu erhaschen. Aber er rührte keine Miene.

»Solche Männer sind wirklich selten. Leider. Sehr selten. Aber Sie haben ihn sicherlich gar nicht sehen können, so wie Sie sich hinter dem Baum versteckt hatten.«

»O doch, ich habe diesen Lackaffen sehr wohl genauer unter die Lupe genommen.«

»Lackaffe? Ich denke, Sie wollten, dass ich zu diesem ›Lackaffen‹ ins Auto steige.«

»Wenn Sie das gemacht hätten, wären Sie für mich sowieso gestorben gewesen.«

»Aber weg wäre ich auch gewesen. Und zwar schnell. Wissen Sie eigentlich, was das für ein Cabrio war?«

»Nein, ich verstehe nichts von Autos. Ist das schlimm?«

»Nein, gar nicht. Und wissen Sie, warum ich so oder so nicht zum alten Dieter ins Auto gestiegen wäre?«

»Zum alten Dieter?«

Ich winkte ab. Das wollte ich Hardy jetzt nicht erklären.

»Ich finde nicht nur, dass wir ein tolles Team sind, sondern Sie sind auch ein ganz besonderer Mann.«

Hardy starrte mich an und versuchte, in meinen Gesichtsfalten nach der Wahrheit zu forschen. Ich zwinkerte ihm zu.

»Auch wenn Sie ein ganz unmöglicher Mensch sind, mag ich Sie, wie Sie sind. Und jetzt gehen wir weiter.«

»Kann es sein, dass Sie mich gerade auf den Arm genommen haben?«

»Da denken Sie mal drüber nach.«

Ich schlenderte los, und er schloss auf. Er nahm meine Hand, und ich ließ ihn gewähren. So gingen wir beide Hand in Hand die Straße entlang, wobei unsere Hände, ineinander verschlungen, langsam hin- und herbaumelten. Ich erinnerte mich unwillkürlich an meine erste Liebe. Das war, lange bevor ich Robert kennenlernte. Ich war gerade sieben Jahre alt geworden, und obwohl ich Weihnachten so liebte, war ich froh, als die Ferien endlich vorbei waren und ich wieder zur Schule gehen durfte. Der Grund dafür hatte einen Namen: Karsten. Karsten war erst im Herbst in meine Klasse gekommen, aber von Anfang an fand ich ihn süß. Ich weiß nicht, was er über mich dachte. Ich verzweifelte fast daran. Erlöst wurde ich erst ein paar Wochen nach Weihnachten, als wir mit der Schule zum Wandern in die Berge fuhren. Strahlende Sonne, glitzernder Schnee, blauer Himmel. Und dann nahm Karsten meine Hand, und wir beide gingen händchenhaltend inmitten der anderen. Ich merkte gar nicht, dass mich Sabine eifersüchtig mit Blicken ermordete, wusste ich doch nichts davon, dass sie Karsten offenbar auch sehr süß fand. Wichtig war mir nur der Augenblick.

Und nun ging ich hier mit Hardy Hand in Hand. Wir schwiegen und schauten uns auch nicht an. Vielleicht wollten wir beide die Magie dieses Augenblicks nicht gefährden. Wir ließen uns auch durch die Autos, die in beiden Richtungen an uns vorbeirauschten, nicht beirren.

Plötzlich – ein lautes Hupen, ein Quietschen von Bremsen. Dann ein weiteres Hupen. Erschrocken drehten wir uns um und sahen, dass es hinter uns beinahe zu einem Auffahrunfall gekommen wäre. Der Fahrer eines Pick-ups hatte abrupt gebremst, weil ihm ein Hund direkt vor die Motorhaube gerannt war. Gott sei Dank blieb das Tier unverletzt, war aber ziemlich verstört. Hardy und ich wechselten einen erstaunten Blick. Dieser Hund war Kyra. Sie rannte langsam auf uns beide zu. Schwanzwedelnd.

Neunzehn

Kyra war also wieder da. Sie war, so unsere Vermutung, während einer Rast ihrem Frauchen Janis weggelaufen. Warum auch immer. Aber natürlich würde Janis nach ihrem Hund suchen. Sie würde umdrehen und auf der Landstraße zurückkommen. Und ich bekäme meinen geliebten VW-Bus mit all meinen persönlichen Sachen darin wieder.

Hardy und ich beschlossen, Kyra einzufangen, nicht nur um den Hund als Pfand in unsere Hand zu bringen, sondern auch, da er hier – mitten im Verkehr – in Gefahr war.

Kyra wollte sich aber nicht von uns einfangen lassen. Vielmehr machte sie ein Spiel daraus, sich immer wieder auf einen halben Meter zu nähern, die Lefzen etwas hochzuziehen und uns so ein schönes Grinsen zu zeigen, um sich dann unserem Zugriff durch eine geschickte Täuschung zu entziehen. Auch mein lautstark geäußertes Versprechen, dass ich Leckerlis in der Tasche hätte, verfing nicht. Der Hund merkte schnell, dass ich nur bluffte, und reagierte daraufhin umso widerborstiger. Dabei geht es bei Hunden doch immer nur um das eine: um ein Würstchen oder etwas anderes, was sich in Sekundenschnelle hinunterwürgen lässt. Am besten, ohne ein einziges Mal schlucken zu müssen. Vierbeiner, die Gene eines Labradors in sich tragen, können das ganz besonders gut. Und Kyra hatte offensichtlich sehr viele von diesen Genen abbekommen.

Der Versuch, den Hund einzufangen, wurde immer abstruser. Hardy hechtete zweimal quer über die Straße, so dass die Autos stark bremsen mussten, um keinen Unfall zu verursachen oder den Armen zu überfahren. Seine wilden Haare standen ihm zu Berge, was sehr komisch aussah, er erinnerte mich so an einen zerstreuten Wissenschaftler. Dabei fluchte er und verfluchte die »dumme Töle«, weshalb schon die ersten Stimmen von Gutmeinenden und Gutmenschen aufkamen, die glaubten, das »arme Tier« vor uns beiden alten Leuten schützen zu müssen. Immer mehr Autos hielten an. Und nach einer Viertelstunde beteiligten sich fast ein Dutzend Leute an dem Versuch, Kyra einzufangen. Darunter ein russischer Priester auf Auslandsreise, zwei japanische Studentinnen, wobei die eine mehr damit beschäftigt war, von der ganzen Aktion Fotos zu schießen, und zwei Camper aus dem Rheinland, die aber lieber mit einer spontan geöffneten Flasche Bier in der Hand das Geschehen kommentierten. Mittendrin Hardy wie ein Derwisch und ich, die ich allerdings bald aufgab. Ich war schlichtweg ausgepumpt und fand ein Plätzchen auf einem Grenzstein, auf dem ich mich niederließ. Die Rettung nahte erst, als ein Metzgermeister, der seine Lieferungen zu den umliegenden Restaurants ausfuhr, ein paar Würste opferte. Kyra war begeistert und ich auch, überließ mir dieser nette Mann doch noch ein Dutzend Wiener Würstchen, die ich sofort in meiner Manteltasche verstaute. Ab da wich Kyra nicht mehr von meiner Seite, was, wie ich schmunzelnd feststellte, bei Hardy zu leichter Eifersucht führte.

Wir beschlossen, zurück zu dem Gasthof zu gehen, in dem wir die letzte Nacht verbracht hatten. Denn wenn Janis ihren geliebten Hund suchen würde, wäre der beste Anhaltspunkt für ihre Suche der Ort, an dem sie beide zuletzt gewesen waren. Hunde kehren meist dahin zurück, und Janis würde das sicher wissen.

Als wir den Gasthof erreichten, mussten wir feststellen, dass die Wirtin gerade dabei war wegzufahren. Ruhetag. Hardy schaffte es allerdings, sie so zu umgarnen, dass sie uns den Schlüssel zu ihrem Gasthaus überließ, damit wir die Gaststube zum Warten nutzen konnten – Zimmer hatten wir dort ja keine mehr. Wir sollten aber auf gar keinen Fall irgendjemand anderen hereinlassen.

»Glauben Sie wirklich, dass Janis hier auftaucht, Hardy?«

»Natürlich, sie wird ihren Hund wiederhaben wollen.«

»Aber wie lange sollen wir denn warten?«

Wir warteten Stunde um Stunde. Erst da, als ich in Ruhe auf einer Eckbank saß, kam mir wieder in den Sinn, was mit dem Bus alles verschwunden war. In ihm waren fast all die Dinge, die mich ein Leben lang begleitet hatten, dieses schon so lange Leben. Natürlich bin ich Gott sei Dank noch in der Lage, mich zu erinnern. Aber was soll werden, wenn meine Fähigkeiten mal nachlassen? Wenn das Gestern im Dunkeln verschwimmt? Wenn eines Tages alles verschwindet, was war? Ich musste an Marlene denken, meine Freundin, die ich schon so lange nicht mehr gesehen hatte und die ich mehr vermisste, als mir bis zu diesem Augenblick klar gewesen war. Wie ging es ihr? Hatte ihre Demenz weiter zugenommen? Ich beschloss, bald wieder nach ihr zu sehen. Und – ich wollte mich auch bei Elisabeth melden, meiner anderen Freundin, dieser falschen Freundin, die über all die Jahre etwas mit meinem geliebten Robert gehabt hatte. Jedenfalls wenn es nach den Briefen ging, die ich nach Roberts Tod in unserer Wohnung gefunden hatte. Ich wollte und musste endlich mal mit ihr reden. Die Zeit dafür war reif.

Als Hardy mit Kyra nach einiger Zeit des Wartens etwas vor die Tür gehen wollte, beschloss ich, in der Gaststube sitzen zu bleiben. Ich wollte mit meinen Gedanken alleine sein. Kyra begleitete Hardy brav, nachdem ich ihm einige Würstchen aus meinem Vorrat überlassen hatte.

Dieser Brief in seiner Jackentasche, dieser Brief, den ich heimlich gelesen hatte, war ein Arztbrief an Hardy. Ich hätte es verdammt noch mal wissen können, dass ich besser keine fremden Briefe lese. So etwas bringt nur Unglück. Aber wieder einmal hatte ich nicht anders gekonnt. Nun wusste ich etwas, was ich gar nicht wissen durfte und auch nicht wissen wollte. Aber etwas zu vergessen kann man sich schlecht selbst befehlen. Natürlich fehlen mir medizinische Kenntnisse, und schon immer erschien mir fast alles, was mir Ärzte erzählten, als seltsames Kauderwelsch. Aber so viel hatte ich aus dem Arztbrief verstanden: Hardy war schwer krank und hatte, wenn man den ärztlichen Prognosen vertrauen durfte, nicht mehr lange zu leben. Er war todkrank. Seine Lunge wollte und konnte nicht mehr. Deswegen hatte er auch immer wieder diesen komischen Husten. Ich wusste etwas aus seinem Leben, was ich nicht wissen sollte. Aber dieses Wissen machte mich so traurig, dass ich es nicht verbergen konnte. Eine ganz furchtbare Situation. Meine Gedanken bewegten sich wie ein Kreisel, kurz bevor er sich zu drehen aufhört, sie kreisten, kamen aber schon ins Torkeln. Mir wurde schummrig, ich musste mich mit einer Hand an der Tischkante festhalten. Ich wischte mir mit beiden Händen über das Gesicht, um die aufkommende Traurigkeit zu vertreiben. Nach ein paar Minuten stand ich entschlossen auf und ging nach draußen.

Hardy saß auf einer Bank vor der Wand des Gasthauses und warf Kyra immer wieder einen Ball zu, den er wohl auf dem Hof gefunden hatte und den sie prompt apportierte. Sie liebte dieses Spiel, und er hatte seine Freude an ihrer Freude. Ich setzte mich zu ihm auf die Bank.

»Sagen Sie, Hardy, wenn das alles hier vorbei ist, was machen Sie dann? Was haben Sie in Ihrem Leben vor?«

»Wieso fragen Sie mich das?«

»Warum nicht? Jetzt haben wir schon so vieles miteinander erlebt, aber wir wissen so wenig voneinander.«

»Ich hatte bis jetzt nicht den Eindruck, dass Ihnen so viel an mir liegt.«

»Wie kommen Sie darauf?«

»Sagen wir mal … durch meine Lebenserfahrung. Halten Sie mich nicht für einen ungehobelten, etwas groben Typen?«

Zack, das saß, und wahrscheinlich brauchte ich mit meiner Antwort auch einen Tick zu lange. Ich fühlte mich wie damals, als mir in der fünften Klasse die doofe Maier – das war unsere Erdkundelehrerin – auf den Kopf zusagte, dass ich einen Spickzettel als Schleife in meinen Haaren versteckt hatte. Kurzum: Ich fühlte mich erwischt, wollte es aber nicht zugeben.

»Das ist doch unbestritten, dass wir verschieden sind, Hardy. Aber es gibt auch vieles, was ich an Ihnen mag und schätze.«

Er grinste mich an, breit und herzlich, Kyra hechtete wieder nach dem geworfenen Ball.

»Was denn?«

»Ihr Herz und Ihre Wärme.«

Er schluckte, und sein Grinsen wich einer Ernsthaftigkeit. Was ich sagte, bedeutete offensichtlich viel für ihn.

»Aber nun sagen Sie schon, was haben Sie vor? Sie müssen doch in Ihrem Leben noch irgendwelche Pläne haben?«

»Vielleicht.«

»Also?«

»Ich will nicht darüber sprechen.«

Er musterte mich, was mich dazu bewog, mir nervös durch die Haare zu fahren.

»Sagen Sie, Else, haben Sie gerade geweint?«

»Nein, habe ich nicht.«

»Sie können mir nichts vormachen.«

»Gut, dann habe ich eben geweint.«

»Warum?«

»Ich will nicht darüber sprechen.«

Hardy gab sich damit nicht zufrieden. Seine Blicke bohrten und bohrten.

»Ist es etwa wegen mir?«

»Wie kommen Sie denn darauf? Jetzt bilden Sie sich mal nur nichts ein.«

»Also wegen mir … aber warum?«

Ich hasste ihn dafür, dass er mich so durchschaute, und ich hasste mich dafür, dass ich mich so schlecht verstellen konnte. Und natürlich konnte ich nicht anders, als unwillkürlich zu seiner Jacke zu sehen, die er übergeworfen hatte und in der immer noch der Brief stecken musste. Hardy folgte ganz langsam meinem Blick und wollte schon etwas sagen, als man plötzlich ein Geräusch hörte. Das Geräusch kam aus seiner Jacke. Ein Bellen. Sein Handy meldete sich. Wir beide schauten uns überrascht an. Er nahm das Handy und warf einen Blick auf das Display.

»Die Nummer kenne ich nicht.«

Er zuckte mit den Schultern und drückte eine Taste, um das Gespräch anzunehmen.

»Hallo.«

Er riss die Augen auf und hob die rechte Augenbraue. Dann schluckte er zweimal kräftig, als er offenbar hörte, wer da am anderen Ende war. Er sagte seinerseits erst mal längere Zeit nichts, sondern lauschte nur und nickte hin und wieder und summte in sich hinein. Dabei starrte er ins Leere. Dann blickte er zu mir und reichte mir das Telefon.

»Für Sie.«

»Für mich? Wer?«

»Mario!«

Ich bekam den Mund nicht mehr zu. Mario! Mit zitternden Händen nahm ich Hardy das Telefon aus der Hand. Keine halbe Stunde später war ich auf der Polizeistation, wo Mario auf mich wartete.

Zwanzig

Deswegen haben Sie den VW-Bus gestohlen? Sie waren das, Mario?«

»Also genau genommen ist es ja kein Diebstahl, denn der Wagen gehört ja zur Hälfte auch mir.«

»Aber zugelassen ist er auf mich. Und mit gestohlen meine ich, dass der Wagen plötzlich weg war.«

Mario nickte und zwirbelte mit einer Hand an seinem nicht vorhandenen Schnurrbart. Seine Schultern hingen nach unten und zeigten nur hin und wieder eine kleine Regung. Dann zuckten sie. Mario, und das fiel mir erst jetzt auf, trug keinen Overall wie sonst immer so gerne, sondern eine dunkelgraue Hose und ein weißes Hemd. Er hatte sich verändert, ganz klar. Er wich meinem Blick aus, und seine Augen strichen ziellos durch den trostlosen Raum der örtlichen Polizei. Auf den Fensterbänken fristeten Plastikpflanzen ihr Dasein, teilweise verdeckt von vergilbten Vorhängen. Der pummelige Polizist, bei dem wir heute Morgen den Diebstahl des Busses gemeldet hatten, hatte uns einen Nebenraum überlassen, so dass wir uns aussprechen konnten. Zuvor hatte ich ihn aufgeklärt, dass Mario den Wagen zwar an sich genommen, aber nicht gestohlen hatte, da er Miteigentümer war. Warum er ihn genommen hatte, das wollte mir Mario lieber unter vier Augen sagen. Dem Polizisten und seinen beiden Kollegen, die den entlaufenen Stier anscheinend eingefangen hatten, zumindest waren sie zurückgekehrt, schien das recht zu sein, hatten sie doch außer Mario und mir noch anderen Besuch. Zwei ältere Damen wollten sich gegenseitig anzeigen, weil sie jeweils Kirschen vom Baum der anderen gestohlen hätten. Herrlich! Früher klauten nur die Jungen Obst vom Baum, heutzutage auch die Alten.

»Aber Sie müssen sich bei alldem etwas gedacht haben, Mario!«

Er nickte, einmal, mehrmals, immer wieder, räusperte sich dann wie ein Politiker, der seinen Dienstwagen für eine heimliche Spritztour zur Geliebten nach Paris benutzt hatte und dies nun vor der Öffentlichkeit erklären sollte.

»Da muss ich etwas ausholen.«

»Ich habe Zeit, und bitte lassen Sie nichts aus. Und vor allem möchte ich wissen, warum Sie mich nie angerufen haben. Und warum Sie nie ans Telefon gegangen sind, wenn ich Sie angerufen habe.«

Seine Augen wanderten hin und her, die Zunge befeuchtete die Lippen. Mein Blick wich nicht von ihm.

»Also …«

»Ja?«

»Es ist so …«

»Herrschaft, Mario, jetzt kommen Sie zur Sache.«

»Das tue ich doch, jetzt lassen Sie mich doch ausreden.«

Er stand auf, ging ein paar Schritte auf und ab und setzte sich dann wieder neben mich.

»Else, ich konnte Sie nicht anrufen.«

»Aber warum denn nicht?«

»Sie hätten sofort gemerkt, dass ich Sie anlüge. Ich kann mich Ihnen gegenüber nicht so verstellen, dass Sie so etwas nicht merken. Nie und nimmer.«

»Sie wollten mich anlügen?«

»Eben nicht. Deswegen habe ich ja vermieden, mit Ihnen persönlich zu reden. Oder mit Ihnen zu telefonieren.«

Mario hantierte mit seinen großen Händen herum, ziellos und unruhig, aber nachdem ich noch mal nachgefragt hatte, rückte er schließlich Stückchen für Stückchen mit der ganzen Wahrheit heraus. Er war damals von unserem Häuschen im Süden wirklich nur aufgebrochen, um nach seinen Söhnen zu sehen. Er hatte vor, und ich glaubte ihm, so schnell wie möglich wieder zurückzukehren. Aber dann war ihm etwas dazwischengekommen. Etwas, womit er nie und nimmer gerechnet hatte: die Liebe. Auch wenn er seine Frau nur einmal kurz treffen wollte, was wegen einiger formaler Dinge schlecht zu vermeiden gewesen war, so wurden daraus mehrere Treffen. Marios Frau – zugegeben weiß ich ihren Namen nicht, und ehrlich gesagt interessiert er mich nicht sehr – hatte Mario damals mit seinem besten Freund betrogen. Nein, nicht nur betrogen, sondern sie hatte mit diesem eine Beziehung begonnen und deswegen Mario verlassen. Mario hatte daraufhin das Weite gesucht, und wir beide waren in den Süden gezogen. Das Verhalten seiner Frau hatte unserer gemeinsamen Zukunft erst diese Chance gegeben. Und nun war etwas passiert, womit niemand gerechnet hatte. Aus Mario und seiner Frau war – plötzlich und unerwartet – wieder ein Paar geworden. Ich ahnte ein bisschen, was jetzt noch kommen sollte, aber ich wollte, dass er es mir selber sagte.

»Also, Sie und Ihre Frau wollen wieder zusammenleben, zusammenwohnen?«

»Ja.«

»Und warum haben Sie mir das nicht einfach gesagt?«

»Aber das heißt ja, dass wir zwei unser neues gemeinsames Zuhause aufgeben müssen. Unser Häuschen.«

Ich zuckte zusammen, tippte nervös mit meinen Fußspitzen auf den Boden und starrte ins Leere, denn auch wenn es klar war, hatte ich das so noch nicht gesehen.

»Das heißt, Sie kommen nicht mehr mit zurück?«

»Nein.«

»Ich verstehe.«

Mit diesen paar Sätzen hatte Mario mein gesamtes neues Leben zerstört. All das, was sich nach dem Tode Roberts für mich so wunderbar ergeben hatte, gab es nicht mehr. Ein eisiger Wasserfall ergoss sich über mich, ich fröstelte. Ich weiß, dass Mario ein Recht auf sein eigenes Leben hat. Ein Recht darauf, es so zu leben, dass er glücklich ist. Aber warum gerade jetzt? Ich wollte nicht wieder an dem Abgrund eines Neuanfangs stehen. Mario nahm meine beiden Hände und schüttelte sie leicht, wie um mich wachzurütteln.

»Deswegen hatte ich doch diesen Plan!«

»Einen Plan? Was für einen Plan?«

»Na ja, den Plan mit Hardy.«

»Mit Hardy?«

Ich war baff und verstand erst langsam. Mario hatte Hardy geschickt, nicht weil er dringend irgendwelche Sachen von sich gebraucht hätte, sondern weil er hoffte, dass sich zwischen Hardy und mir etwas ergeben könnte. Hardy war alleinstehend und ich ja auch. Marios Plan war, dass er aus uns beiden, aus Hardy und mir, ein Paar machte. Das muss man sich mal vorstellen! Was für eine rührende Idee, aber völlig unsinnig. »Mein« Mario wollte Amor spielen.

»Mario, Sie haben kein Talent zum Liebesboten!«

»Warum denn nicht?«

»Weil Hardy und ich …«

Ich schüttelte den Kopf, und mir kamen all die Dinge in den Sinn, die wir beide in den letzten Tagen miteinander durchgemacht hatten.

»Es ist so …«

Ich stockte, Mario sah mich erwartungsvoll an, er rückte noch ein Stückchen näher zu mir. Ich konnte nicht anders, ich musste kichern. Er war sich unsicher, dann fiel er in mein Kichern ein.

»Mario, ich will ganz ehrlich mit Ihnen sein. Hardy ist ein eigenartiger Mensch. Vielleicht könnten wir eines Tages wahre Freunde sein. Vielleicht sind wir schon auf dem Weg dahin.«

»Na also. Ich will doch nur eins. Wenn ich zu meiner Frau zurückkehre, will ich Sie nicht alleine lassen. Das ist alles, was ich will. Und wenn ich auch nur einmal mit Ihnen telefoniert hätte, dann hätten Sie doch meine Absichten durchschaut. Sofort.«

Da war ich mir nicht so sicher, ob ich das wirklich hätte, aber es war schön, dass Mario so von mir dachte. Er traute mir etwas zu.

»Aber ich will in meinem Alter keinen neuen Mann an meiner Seite. Ich bin fast zweiundachtzig.«

»Ich weiß, wie alt Sie sind.«

»Mit Ihnen war das etwas anderes. Aber sonst – nein.«

»Das glaube ich nicht.«

»Na, das werde ich wohl besser wissen, was ich will und was nicht. Und ganz ehrlich …«

Ich hielt inne, nestelte nervös an der Tischkante herum und zog das Glas Wasser auf dem Tisch zu mir, aus dem ich noch keinen Schluck genommen hatte. Mario hatte Recht, und ich wusste es. Gerade in den letzten Tagen hatte ich wieder und wieder darüber nachgedacht, dass ich mich nach einer neuen Liebe sehnte. Ich wollte mich wieder verlieben. Auch mit über achtzig Jahren! Warum auch nicht? Warum sollte das nicht möglich sein? Mario hatte mir nun eröffnet, dass unsere beiden Leben sich wieder trennen sollten. Das tat weh. Aber im Grunde war auch mir klar, dass es so nicht ewig weitergehen konnte. Was ich wollte, war ein Mann an meiner Seite. Mein Mann! Robert im Jenseits würde das sicher verstehen.

»Ich mag Hardy. Aber glauben Sie mir – und es macht mich traurig –, ich mag ihn nicht so sehr. Ich wünschte mir, es wäre anders. Aber es reicht nicht für die Liebe.«

»Ich verstehe. Aber da sind Sie sich ganz sicher?«

»Ja. Leider.«

Mario überraschte meine Direktheit. Er suchte nach den richtigen Worten, nach etwas, was er mir hätte entgegnen können, doch diese Worte wollten ihm nicht einfallen. Wir saßen beide da, in dieser unherzlichen Polizeistation, und schwiegen. Schließlich stand ich von meinem Stuhl auf und zog Mario zu mir hoch. Ich umarmte ihn, so fest ich konnte. Er erwiderte die Umarmung. So standen wir und merkten nur nebenbei, wie der rundliche Polizist nach uns sehen wollte, sich aber stillschweigend wieder aus dem Raum stahl.

Wir vereinbarten, dass Mario später in das Gasthaus kommen sollte, mit dem VW-Bus, zu Hardy und mir. Aber zunächst wollte ich für mich sein und auch mit Hardy alleine sprechen, der im Übrigen nicht in Marios seltsamen Plan eingeweiht war.

Mario würde wieder nach Hause fahren. Er war nur gekommen, um zu sehen, ob sein Plan, Hardy und mich zusammenzuführen, aufgehen würde. Er war gescheitert. Natürlich hat uns das irgendwie nähergebracht, als der Bus plötzlich verschwunden war. Aber auch nicht mehr. Dabei war der Diebstahl des Busses Marios letzter Versuch gewesen, aus Hardy und mir doch noch ein Paar zu machen. Er dachte, dass uns die Not zusammenschweißen würde. Wie rührend von ihm, aber auch wie vergeblich.

Alleine verließ ich die Polizeistation. Ich hatte keine Idee, wie es nun in meinem Leben weitergehen sollte. Wohin sollte ich jetzt? Einen alten Baum verpflanzt man nicht, heißt es immer so locker. Aber was soll der alte Baum machen, wenn der Wald nicht mehr da ist? Und alleine wollte ich auf keinen Fall mehr in das Häuschen im Süden zurück. Ich fühlte mich wieder einmal am Abgrund. Warum hatte der liebe Gott keinen Platz mehr für mich auf dieser Welt? Als ich ein junges Paar vor einem Obstladen sich glücklich küssen sah, drehte ich mich weg. Ich konnte es nicht mit ansehen. Ich hasste mich dafür, dass ich den beiden ihr Glück missgönnte, aber ich wollte es nicht sehen. Warum dürfen andere Menschen ihr großes Glück finden, aber ich nun nicht mehr? Warum kann die Welt so ungerecht sein?

Vor dem Gasthof wartete ich einen Augenblick, wollte nicht sofort hineingehen. Ich zögerte, stellte mich auf die Zehenspitzen, wodurch ich ungefähr die Größe eines erwachsenen Erdmännchens erreichte, und spähte durch ein Fenster in die Stube. Hardy war nicht zu sehen. Ich hielt meine Hand hoch über den Kopf, damit ich die Sonne verdeckte und so die Scheibe weniger spiegelte. Ich schaute hin und her, zunächst vergeblich. Doch dann – da war er. Hardy lag seltsam verkrampft auf dem Boden. Die Arme starr von sich gestreckt, die Beine seltsam verdreht. Er wirkte – wie tot.

Einundzwanzig

Ich hastete durch den Gang in die Stube, wo Hardy immer noch unverändert verkrümmt dalag. Ich wollte zu ihm hin, aber plötzlich gehorchten mir meine Beine nicht mehr. Ich war geschockt. Was war mit ihm? War er tot? Ich hatte Angst vor der Gewissheit.

»Hallo, Hardy, was ist mit Ihnen?«

Er bewegte sich nicht, auch wenn ich glaubte, in seinem Gesicht ein Zucken erkennen zu können. Ganz langsam schob ich meine Füße – Zentimeter für Zentimeter – in seine Richtung. Ich hatte unglaubliche Angst, mich ihm zu nähern, gleichzeitig zog es mich zu ihm hin. Mein kleiner Körper wurde durchgeschüttelt wie der eines Bauarbeiters, der mit einem Presslufthammer arbeitet. Hardy zeigte keine Regung. Wieder versteiften sich meine Beine wie bei einem bockigen Esel.

»Hardy, nun sagen Sie doch was. Sind Sie … tot?«

Keine Antwort. Ich musste etwas unternehmen. Aber was? Mit einem Mal überkam mich nach einer gefühlten Ewigkeit der Schockstarre eine hektische Panik. Ich stürzte zu ihm und packte ihn an den Schultern.

»Hardy, bitte, Sie dürfen nicht sterben!«

Sein Körper war lasch wie eine ausgestopfte Vogelscheuche. Ich schüttelte ihn, so dass er hin und her schlackerte.

»Bitte, bitte. Jetzt sagen Sie doch was.«

Natürlich sagte er kein Wort. Was soll ein Toter schon sagen? Doch ich wollte mich damit nicht abfinden und schüttelte ihn immer stärker.

»Hardy, bitte … Sie dürfen jetzt nicht sterben.«

Es war erstaunlich, in welche Bewegung ich diesen massigen Körper versetzen konnte. Es war so, als würde eine Maus einen Elefanten schütteln. Ich stutzte einen Moment und fühlte seine Stirn. Sie strahlte eine angenehme Wärme aus. Vielleicht lebte er doch noch. Ich erinnerte mich, dass ich mal einen Erste-Hilfe-Kurs besucht hatte. Aber ich hatte keine Idee mehr, was ich damals gelernt hatte. Ganz entfernt kam mir so etwas wie die stabile Seitenlage in den Sinn. Ich ließ Hardy ganz langsam aus meinen Armen zurück auf den Steinfußboden sinken und versuchte, sein rechtes Bein abzuwinkeln. Aber irgendwie gelang es mir nicht, da sich das Bein immer wieder in eine andere Position brachte, jedenfalls nie in der Lage verharrte, in der ich es haben wollte.

»Bitte, Hardy, jetzt helfen Sie mir doch. Bitte.«

Meine Stimme klang flehentlich. Und wirklich, bei meinem nächsten Versuch behielt das rechte Bein die richtige Stellung. Langsam drehte ich den schweren Körper und streckte Hardys Kopf. Möglicherweise litt er ja unter Atemnot. Vorsichtig nahm ich sein Kinn in meine Hände.

»Sie können ja richtig sanft sein.«

Seine Stimme traf mich wie ein Blitz. Sofort ließ ich den Kopf einfach fallen, und er fiel auf den Boden.

»Aua!«

Ich machte einen Satz nach hinten, Hardy öffnete die Augen. Meine Augen funkelten.

»Sie Scheusal! Wie können Sie mir das nur antun!«

»Moment mal, es ist nicht so, wie Sie denken.«

»Das ist ja wohl der dümmste Satz in der Geschichte der

Menschheit. Und jedes Mal, wenn er gesagt wird, ist es eine Lüge.«

Mühevoll stand ich auf, hielt mich dabei an einem Heizkörper fest. Dieser war allerdings voll aufgedreht und so heiß, dass meine Hand zurückzuckte. Der Schmerz half mir, wie ein junges Reh in die Höhe zu schnellen. Meine Augen füllten sich mit Tränen, ich schüttelte den Kopf und rannte hinaus. Ich wollte nur noch weg.

Ich rannte, wie einst Tom Hanks in dem Film, an dessen Titel ich mich nicht mehr erinnere. Ich drehte mich nicht um, ich wusste aber auch nicht, wohin mich meine Beine tragen sollten. Ich wollte nur mit dem abschließen, was gerade passiert war. Während ich rannte und rannte, flossen mir die Tränen über das Gesicht. Meine eigenen Tränen raubten mir den Atem, doch ich blieb nicht stehen. Und auf keinen Fall wollte ich mich umdrehen.

Als ich auf die Straße kam, bemerkte ich, dass mich einige Autofahrer und auch Fußgänger entgeistert musterten, hatte ich doch nicht nur sprichwörtlich meine Beine, sondern auch tatsächlich mein Kleid in die Hände genommen. Wie ein junges Mädchen, nur langsamer, lief ich über die Straße und kam zu einem großen, frei liegenden Feld. Es war ein abgeerntetes Getreidefeld, die Reste der Halme stachen aus dem nassen Lehmboden hervor nach oben. Die Absätze meiner Schuhe blieben stecken, immer wieder, bis ich sie halb im Laufen auszog, sie wegwarf und nur in meinen Strümpfen weiterrannte. Es tat sehr weh, was aber nur dazu führte, dass ich mich noch schneller bewegte. Am Ende des Feldes baute sich ein mächtiger Wald vor mir auf. Ich blieb stehen, stemmte die Arme in die Hüften, hechelte und japste nach Luft. Mir war schlecht, in meine Seiten kroch ein stechender Schmerz, wie ich ihn noch selten verspürt hatte. Ich blickte zu dem Wald, und mir wurde klar, dass ich kein Ziel hatte, dass mein einziges Ziel war wegzulaufen. Mein Blick schweifte über das weite Feld und blieb an einem Hochsitz hängen, etwa hundert Meter von mir entfernt.

Es gelang mir, auf der Leiter, die nach oben führte, bis zu der Aussichtsplattform zu klettern. Dort setzte ich mich ganz langsam hin und streckte die Beine aus. Ich war fertig und abgekämpft. Ich war zu ausgelaugt, um noch weinen zu können. Dabei fühlte ich mich hundeelend. Warum war mir kein glückliches Leben mehr vergönnt? Natürlich fühlte ich mich erniedrigt und verletzt durch Hardy und sein gemeines Spiel. Warum musste er mir so etwas vormachen? Aber darum ging es mir gar nicht. Das erste Mal seit dem Tod Roberts vor mehr als einem Jahr waren sämtliche Kräfte aus mir gewichen. Mich fröstelte, nicht wegen der winterlichen Kälte, sondern weil dieses verdammte Gefühl von Einsamkeit in mir hochkroch. Noch vor einigen Monaten, Wochen war ich so glücklich gewesen. War das nicht ein ganz besonderer, ein herrlicher Moment gewesen, als Mario und ich den Fuß in das kleine Häuschen gesetzt hatten, das unser gemeinsames Zuhause werden sollte? Wenn wir kräftig ausatmeten, tanzte der Staub aus den Ecken und vom Fensterbrett. Wir lachten und hielten uns an den Händen. Wir umarmten uns, und Mario wirbelte mich herum, als sei ich ein Hauch von nichts. Schon damals hätte mir klar sein müssen, dass dieses Glück nicht ewig halten würde, dass ein Mann wie Mario, der noch mitten im Leben steht, andere Ziele hat, als die Jahre, die noch kommen, mit mir zu verbringen, einer alten Schachtel. Ja, ich bin doch eine alte Schachtel, auch wenn ich mich nie so gefühlt habe. Doch nun, in diesem Moment auf dem Hochsitz, kam ich mir so vor.

Es fiel mir wie Schuppen von den Augen. Es war nur eine Frage der Zeit gewesen, bis sich mein Freund Mario ein anderes Leben suchen würde. Er wollte zurück zu seiner Frau, mit ihr durchs Leben gehen, nicht mit mir. Das war doch keine Überraschung. Aber es tat so weh! Ich wollte doch auch nur ein kleines Zipfelchen abhaben vom Glück. Ich wollte noch nicht sterben, auch nicht schleichend. Ich hatte das Trauma von Roberts Tod überwunden und viele Abenteuer überstanden, wahrscheinlich mehr, als Indiana Jones in meinem Alter durchgestanden hätte. Ich wollte nicht aufgeben. Ich wollte noch mal Licht an mein Herz lassen. In diesem Moment des völligen Alleinseins spürte ich umso mehr, was mir wirklich fehlte, was ich vermisste: die Liebe. Und Mario als mein Freund hatte das viel eher begriffen als ich selbst. Nur so konnte er auf die Idee kommen, sich als Amor zu versuchen und aus Hardy und mir ein Paar zu schmieden. Meine Wut auf Hardy war schon wieder verflogen, denn wenn ich ehrlich war, mochte ich ihn, war er mir ans Herz gewachsen. Aber auch nicht mehr. Ich liebte ihn nicht, und noch schlimmer, ich konnte mir auch überhaupt nicht vorstellen, ihn jemals zu lieben. Nichtsdestoweniger wollte ich mich noch einmal verlieben in meinem Leben. Das kann mir keiner verbieten, dachte ich mir, nur weil ich schon so verdammt alt bin. Keiner.

Ich kauerte mich in eine Ecke des Hochsitzes, und mir fielen die Augen zu. Ich war am Ende meiner Kräfte, wollte aber nicht einschlafen. Und doch war ich bald im Reich eines Traumes, denn ich hörte zunächst ganz leise, dann immer lauter werdend diese wunderbare, tiefe Stimme, die sich seit kurzem in mein Leben geschlichen hatte. Ich hörte einen wunderschönen Gesang, kräftig und gleichzeitig voller Gefühl. Ich liebte diesen Klang, liebte die Melodien, die mich zum Träumen brachten. Ich war eingeschlafen, völlig glücklich und zufrieden. Ich wollte diese Traumwelt nicht wieder verlassen, nie wieder. Bis sich plötzlich eine Stimme in das so wunderschöne Klangbild mischte. Eine laute, aber auch krächzende Stimme.

»Else, sind Sie da oben?«

Ich wusste nicht, wer da zu mir sprach und was derjenige wollte. Es war mir nicht einmal bewusst, wo ich überhaupt war. Aber die Stimme ließ nicht locker.

»Else, ich weiß, dass Sie da oben sind. Ich komme jetzt zu Ihnen hoch.«

Eine Ahnung überkam mich, wer da zu mir sprach. Ich wurde leicht hin und her geschaukelt. So wurde ich aus meinem Traum gerissen.

»Es tut mir leid. Ich wollte das nicht. Ich weiß auch nicht, was in mich gefahren ist.«

Ich öffnete die Augen und sah Hardy vor mir auf der Leiter stehen – ein wahrer Koloss von einem Menschen, aber dennoch nur ein Häufchen Elend. In seinen Händen hielt er meine beiden Schuhe.

»Ich wollte bloß einen kleinen Spaß machen, Sie zum Lachen bringen. Aber dann …«

Er stockte, kam dann die letzte Stufe zu mir herauf und ließ die Arme baumeln. Er schaute mich mit großen und geröteten Augen an, sein Mund öffnete sich wie bei einem Fisch, und irgendwie blieb er auch für einige Sekunden so stumm wie ein Fisch. Dann hatte er sich wieder gefangen.

»Ich hab einfach den richtigen Zeitpunkt verpasst, an dem ich aufhören sollte. Ich bin so dämlich. Ich weiß, dass ich Sie verletzt habe. Es tut mir so leid.«

Ich wusste, dass ich jetzt etwas hätte sagen können, aber ich wollte noch nicht. Das war nun meinerseits auch nicht nett von mir, aber ich genoss es ein kleines bisschen, dass Hardy sich so um mich bemühte. Das erhellte meine Seele wie der erste Sonnenstrahl eines Tages eine Blume.

»Sie haben doch nicht wirklich glauben können, dass ich tot bin. So schnell werde ich nicht vergehen. Sehen Sie …«

Hardy ließ sich bedächtig zu mir herab und setzte sich neben mich. Ich kauerte immer noch auf dem Boden.

»… ich hab es auch ein bisschen genossen, dass Sie sich um mich gesorgt haben. So schön hat das schon länger niemand getan. Das war gut für mich.«

Er schluckte, neigte den Kopf nach links, nach rechts und versuchte es mit einem kleinen Lächeln. Ich reagierte nicht.

»Ich glaube, ich lasse Sie dann besser wieder alleine. Ich kann ja verstehen, dass Sie sauer auf mich sind.«

Er versuchte, seine langen Beine, die er weit von sich gestreckt hatte, in Position zu bringen und langsam aufzustehen. Aber seine Hand, mit der er sich an der Wand des Hochsitzes festhalten wollte, griff immer wieder ins Leere.

»Jetzt bleiben Sie schon sitzen, Hardy!«

Er schaute mich überrascht und dankbar an, nahm meine Hand und drückte sie ganz fest. Ich reichte ihm auch meine andere Hand und zog Hardy zu mir. Wir schauten uns in die Augen, dann legte er – der Koloss – seinen Kopf an meine Schulter. Ich genoss es zu spüren, wie er atmete.

»Schade, dass wir zwei nicht füreinander geschaffen sind, Hardy.«

Er wollte den Kopf heben, aber es gelang mir, seinen Kopf sanft gegen meine Schulter zu drücken.

»Weil ich Sie sehr gerne mag, Hardy. Aber es ist nur ein Mögen.«

»Ich weiß. Und ich finde es auch sehr schade. Wirklich ein Jammer.«

Damit war gesagt, was gesagt werden musste, und wir schwiegen. Ich weiß nicht, wie lange wir zwei auf dem Boden dieses Hochsitzes irgendwo in der Pampa saßen und das gemeinsame Schweigen genossen. Ich weiß nur, dass die Kraft nach und nach wieder in mich strömte. Ich beschloss, nicht aufzugeben. Ich wollte mein Leben nicht aufgeben.

Nach einer Weile packte mich Hardy sachte und stellte mich auf die Beine. Wir umarmten uns und wiegten uns ein bisschen hin und her. So als würden wir ganz behutsam tanzen. Von einer Sekunde auf die andere hielt er inne und machte sich etwas von mir frei.

»Wissen Sie, woran ich gerade denke?«

»Gedanken lesen kann ich nicht.«

Er lachte und vollführte ein paar ungelenke Tanzschritte, hielt dann wieder inne.

»An einen Film, ich glaube, er hieß ›Alexis Sorbas‹, und an den Moment, als die Wasserleitung, die die Menschen in dem Film mühsam aufgebaut hatten, in sich zusammengebrochen war.«

»Ich kann mich auch erinnern. Da wurde getanzt und gelacht.«

Wir waren so mit uns beschäftigt, dass wir gar nicht merkten, dass aus der Ferne ein Tier über das Stoppelfeld zu uns gerannt kam. Es war Kyra. Als sie den Hochsitz erreicht hatte, blieb sie am Fuße stehen und bellte. Sie sauste im Kreis herum und wollte nicht aufhören zu bellen. Schließlich stiegen wir beide hinunter, wobei mir Hardy bei jedem Schritt half – ganz Gentleman. Kyra war nicht zu bändigen, sprang an mir hoch, so dass ich Probleme hatte, mich auf den Beinen zu halten, und die riesige Zunge fuhr mir kreuz und quer durch das Gesicht. Es war ekelig, aber das war egal, denn das Leben hatte mich wieder! Ich schaute zum Horizont. Dort erschien ein Mensch, klein und winzig. Der Mensch kam langsam näher. Es war Janis.

Zweiundzwanzig

Zu viert, Hardy, Janis, Kyra und ich, gingen wir wieder zum Gasthof, wohin Mario den VW-Bus bringen wollte. Mario bestand darauf, dass ich den VW-Bus behalten sollte, weil ihm seine misslungene Verkupplungsaktion auf den Magen geschlagen war. Da ihm nun klar war, dass Hardy und ich uns zwar mochten, aber keine Aussicht auf mehr bestand, bat er mich händeringend, doch mit ihm nach Hause zu kommen. Er hätte schon mit seiner Frau gesprochen, auch sie würde sich sehr freuen, mich kennenzulernen. Und natürlich könnte ich bei ihnen wohnen, so lange ich wollte. In meinem Kopf entstanden Bilder davon, wie wir zu dritt am Frühstückstisch säßen und synchron unsere Eier köpften. Anschließend ginge es zu einem kleinen Spaziergang in die Stadt, ich immer einen Schritt hinter den beiden oder auch mal drei davor. Mich schüttelte es, was Mario nicht verborgen blieb. Das wollte ich ganz sicher nicht.

»Sie wollen nicht mitkommen, oder?«

»Nein, aber das Angebot ist trotzdem sehr schön. Danke.«

Wir schwiegen für einen Moment, Mario suchte nach Worten, um mich doch noch überreden zu können, fand sie aber nicht. »Aber wo wollen Sie denn hin?«

»Ich weiß es noch nicht.«

»In unser Häuschen?«

»Ich glaube nicht.«

»Wieder zurück in Ihre alte Wohnung?«

Ich dachte kurz nach. Und auch wenn ich die Wohnung nicht an die Tochter des Hausmeisters vermietet hätte, würde ich nicht mehr dahin zurückwollen. Nicht dahin, wo ich mit meinem Mann Robert so schöne Jahre verbracht hatte. Im Übrigen wäre mir nie eingefallen, die junge Mieterin einfach vor die Tür zu setzen. Mario hatte mit seinen Fragen Recht: Ich hatte keine Idee, wohin ich wollte. Ich fühlte mich wie ein Hund, ein Weihnachtsgeschenk, das ein halbes Jahr später auf dem Weg in den Urlaub an einer Tankstelle ausgesetzt wird. Nur dass mein Weg bis jetzt nach Norden geführt hatte. Vom Schicksal ausgesetzt kam ich mir dennoch vor. Ich war wieder kurz davor loszuheulen, mich Mario an den Hals zu werfen und ihn anzuflehen, mich bitte nicht alleine zu lassen. Doch ich riss mich zusammen. Oma Else macht so etwas nicht. Sie gibt nicht auf.

Dann kam der Abschied. Hardy, Janis und Kyra hielten sich zunächst etwas abseits. Ich ging einen Schritt auf Mario zu und packte ihn, so fest ich konnte, an beiden Schultern. Natürlich musste ich zu ihm aufsehen, trotzdem fühlte ich mich mit meinem Freund auf Augenhöhe.

»Danke, dass Sie mein Freund sind. Aber Sie müssen sich keine Sorgen um mich machen. Ich werde weiter nach Norden fahren, ganz in die Nähe, wo auch der Großvater von Janis wohnt, und dort eine alte Schulfreundin besuchen.«

»Was für eine Schulfreundin?«

»Eine Schulfreundin halt.«

»Von der haben Sie mir noch nie erzählt.«

»Ich habe Ihnen auch nie davon erzählt, wie ich mal aus Versehen einen Intercity auf offener Strecke zu einer Notbremsung gezwungen habe.«

Mario schob mich von sich weg, seine Augenbrauen tanzten auf und ab, und er grummelte.

»Ich glaube Ihnen weder das eine noch das andere.«

»Das sollten Sie aber. Oder wollen Sie mich als Lügnerin bezeichnen?«

»Nein, aber als sture alte Dame, die eine angebotene Hand ausschlägt.«

»Ich verspreche Ihnen, Mario, ich werde Sie mal besuchen. Reicht das?«

Er zögerte, begann langsam den Kopf zu schütteln. Dass ich nicht umzustimmen war, hatte er mittlerweile verstanden, das konnte ich an seinen feuchten Augen erkennen. Er zog mich näher zu sich und umschloss mich mit seinen langen und kräftigen Armen. Und auch ich schaffte es zum ersten Mal, seit wir uns kannten, seinen massigen Körper mit meinen kleinen Ärmchen fast ganz zu umschließen.

Dann stieg Mario in das Auto seiner Frau, mit dem er uns hinterhergereist war, und Hardy setzte sich auf den Beifahrersitz. Janis, Kyra und ich schauten dem wegfahrenden Wagen nach. Aus den Seitenfenstern links und rechts winkten drei Hände. Gott sei Dank hatte Mario wenigstens noch eine Hand am Steuer, dachte ich mir.

Wir hatten versucht, es kurz und schmerzlos zu machen und somit alle Haltung zu bewahren. Ich war immer davon überzeugt, dass man sich, egal, wie man sich fühlt, öffentlich nicht gehen lassen darf. Zunächst hatten wir die Sachen aus dem VW-Bus in den Wagen von Marios Frau umgeladen. Mario hatte mir noch versprochen, sich um die Auflösung unseres Häuschens am Meer zu kümmern. Und dann hatten sich Mario und Hardy auf den Weg gemacht, während wir drei ihnen hinterherwinkten. Selbst Kyra hob die Pfote, allerdings nur um eine Fliege von ihrer Schnauze zu vertreiben.

Ich winkte auch noch, als der Wagen schon hinter dem Horizont verschwunden war, vielleicht weil ich doch nicht wahrhaben wollte, dass nun wirklich alles vorbei sein sollte. Alles? Ich hatte Janis versprochen, sie und Kyra auf meinem Weg zu meiner Schulfreundin mitzunehmen und bei ihrem Großvater abzusetzen. In Wahrheit gab es keine Schulfreundin, da hatte Mario ganz Recht. Vielleicht gab es irgendwo noch eine, aber wenn, dann wüsste ich nicht, wo sie lebte. Doch ich konnte ja schlecht sagen, dass ich nicht wusste, wohin, und gab deshalb vor, in dieselbe Richtung zu wollen wie Janis. Ich war froh, nachdem ich schon Mario und Hardy verloren hatte, wenigstens wieder Janis in meinem Leben zu haben. Und auch Kyra. Wie ich nun wusste, hatte Janis den VW-Bus natürlich nicht gestohlen, sondern war der Einladung eines Porschefahrers gefolgt, der sie mit in Richtung Norden nehmen wollte. Allerdings hatte das Röhren des Sportwagens den Hund sehr nervös und unruhig gemacht, so dass er bei einer Pause plötzlich panisch aus dem Wagen gesprungen und weggerannt war. Dadurch war Janis gezwungen gewesen, wieder umzukehren und sich auf die Suche nach ihrem Hund zu machen. Und das hatte sie schließlich wieder zu uns geführt, zu Hardy und mir.

Wir hatten noch Hunderte von Kilometern vor uns. Nach den hohen Bergen breiteten sich nun verschiedene Landschaften vor uns aus, bis wir letztlich das Meer im Norden erreichen würden. Janis bestand darauf, sich hinters Steuer des VW-Busses zu setzen. Angeblich, weil sie mir nach all den Strapazen nicht auch noch zumuten wollte, mich durch den Ferienverkehr vor Weihnachten zu mühen. Die nahenden Feiertage hatten schon viele Menschen auf die Reise geschickt – kreuz und quer durch die Lande. Weihnachten führt die Menschen zusammen, andere wiederum trennt es. Ich glaube aber, Janis wollte vor allem deswegen selbst fahren, weil sie so den Fuß gar nicht mehr vom Gaspedal nehmen musste. Wenn man bedenkt, wie wenig Leistung der alte Bus unter der Haube hat, muss ich sagen, dass ihre Schlangenlinienfahrt durch den zäh fließenden Verkehr sehr beachtlich war. An der Grenze zum Ungesetzlichen war es sicherlich. Dabei schaffte es Janis sogar, sich noch während der Fahrt eine Zigarette zu drehen.

»Stört es Sie, wenn ich rauche?«

»Nur wenn Sie nicht wenigstens hin und wieder eine Hand am Lenker lassen.«

»Oh, sorry!«

Wir mussten beide lachen. Kyra hatte es sich zu meinen Füßen bequem gemacht und den Kopf auf meinen Schoß gelegt. Zunächst hatte ich Angst, dass das Riesentier mich mit der Zeit zerquetschen und ich als Brei enden würde. Aber ich empfand sie gar nicht als so schwer, und es machte mir Freude, sie durch die dicke Wolle zu kraulen.

Die vielen Stunden des Weges füllten wir mit Geschichten aus unserem Leben. Ich muss sagen, dass Janis in ihren jungen Jahren schon einiges Abenteuerliches mitgemacht hatte. Bei mir war das in ihrem Alter anders gewesen. Allerdings hole ich ja seit kurzem mächtig auf, was Aufregungen und Abenteuer betrifft.

Der Großvater von Janis war immer der wichtigste Mensch

in ihrem Leben gewesen und ist es auch jetzt noch. Er hatte sie alleine aufgezogen, nachdem ihre Eltern sich lieber ihrer Karriere an einer Universität widmen wollten. Sie dachten wohl, dass sie für ihr Kind das Beste taten, wenn sie es bei den Großeltern auf dem Land parkten. Und wahrscheinlich war es sogar das Beste, was der kleinen Janis seinerzeit passieren konnte. Dabei hatte ihr Großvater sich bald um zwei Menschen zu kümmern, nicht nur um seine Enkelin, sondern auch um seine Frau, Janis' Oma, die an einer schweren Lungenkrankheit litt. Einer Krankheit, an der sie eines Tages auch gestorben war. Das war ein sehr trauriger Tag gewesen, aber es gab auch die vielen herrlichen Momente in ihrer Kindheit und Jugend, von denen Janis mir mit leuchtenden Augen berichtete. Ihr Opa und sie waren zusammen beim Angeln gewesen, hatten nachts auf dem Meer in einem Boot übernachtet oder sich tagelang gegenseitig Geschichten vorgelesen. Janis schwärmte davon, dass es nichts Schöneres gegeben habe, als wenn ihr Opa mit seiner tiefen Stimme den Figuren vom Blatt Papier Leben eingehaucht hatte.

Hin und wieder machten wir eine Erzählpause. Janis rauchte, während sie fuhr, und ich schloss die Augen, dachte nach. Wir lauschten beide der Musik aus dem krächzenden Autoradio. Es gab Verdi. Nach einer Weile des Schweigens und Lauschens öffnete ich wieder die Augen. Die Landschaft links und rechts hatte sich ziemlich verändert, war nun ganz flach. Offenbar waren wir um einiges weitergekommen, was ich nicht gemerkt hatte, weil ich eingeschlafen sein musste.

»Ach, Sie sind wieder wach.«

»Ich war immer wach, ich habe nur ein kleines bisschen die Augen zugedrückt.«

Auf Janis' Gesicht zeigte sich ein mildes Lächeln, auch wenn man ihr zunehmend eine Anspannung anmerkte, je näher wir ihrem Ziel kamen. Diese Fahrt zu ihrem Ziel hatte mich ganz vergessen lassen, dass ich selber gar keines hatte. Kein Ziel. Ich schluckte und schaute zum Fenster hinaus. Dunkle Regenwolken ließen es noch schneller dämmrig werden.

»Wollen Sie nicht eine Weile in dem Haus meines Großvaters bleiben?«

»Danke, aber Sie wissen doch, dass ich ein anderes Ziel habe.«

»Welches Ziel?«

»Ich will doch zu meiner alten Schulfreundin.«

»Ich denke, das haben Sie sich nur ausgedacht, weil Sie Ihren Freund nicht verunsichern wollten.«

»Frechheit!«

»Was? Dass Sie sich das ausgedacht haben oder dass ich Ihnen dahintergekommen bin?«

Ich räusperte mich, sammelte mich für die passende Antwort, die mir aber nicht einfallen wollte. Also schwieg ich erst mal, bevor ich mich äußerte.

»Sie haben Recht. Meinen Sie, er hat es auch gemerkt?«

Sie zuckte mit den Schultern, schaute mich voller Mitleid an, warf den Stummel ihrer Zigarette einfach aus dem Fenster.

»Ich denke schon, aber so gut kenne ich ihn nicht.«

Ich nickte, dachte an meinen verstorbenen Mann Robert, an meine ehemaligen Freundinnen Elisabeth und Marlene, an Mario, an Hardy. Die Bilder und Erinnerungen gingen ineinander über, vermischten sich.

Schließlich hatten wir Janis' Ziel erreicht. An einem sanft

abfallenden Hang, dahinter war das Meer zu entdecken, stand ein kleines Haus, mit Schindeln gedeckt, etwas schief vom Wind, aber trutzig wie eine feste Burg. Schon auf den ersten Blick ein Haus mit Charakter. Janis hatte den Wagen angehalten und wollte gerade die Fahrertür öffnen. Ich wischte mit einer Hand etwas Feuchtigkeit innen von der Scheibe.

»Gehen Sie nur. Ich will mir an der frischen Luft die Beine vertreten.«

Sie hielt inne, musterte mich, so als wollte sie ergründen, ob ich wirklich die Wahrheit gesagt hatte.

»Gehen Sie schon, begrüßen Sie Ihren Großvater! Ich werde inzwischen schon nicht wegfahren. Sie haben ja noch Ihre Sachen im Auto.«

Janis strich mir zärtlich über die Wangen, öffnete nun die Autotür und hüpfte aus dem Wagen. Kyra folgte ihr. Sie rannte los, ohne sich nochmals umzudrehen. Ich wartete, bis die beiden in dem Haus verschwunden waren, dann öffnete ich langsam die Beifahrertür. Vorsichtig glitt ich vom Sitz auf den Boden.

Ich blickte zum Meer und atmete tief ein. Die Meeresluft war betörend. Ich schmeckte das Salz in der Luft. Ich wollte zum Strand hinuntergehen. Es gab einen schmalen Weg, aber dieser führte direkt an dem Haus vorbei. Also drückte ich mich eng an der Holzwand vorbei, als ich plötzlich von drinnen eine Stimme hörte. Es war eine männliche Stimme, eine tiefe mit einem herrlichen Klang. Ich blieb stehen und lauschte, auch wenn ich hinter dem Klang keine bestimmten Worte verstehen konnte. Ich schlich weiter um das Haus herum, in der Hoffnung, ein Gesicht zu dieser Stimme entdecken zu können. Vielleicht ein Blick durch ein Fenster? Es war vergeblich. Ich hatte kein Glück. Also schlich ich weiter, bis zu der Kellertür, die halb offen stand. Ich weiß auch nicht, was ich mir dabei gedacht habe. Aber ohne zu zögern, bin ich in das Häuschen hineingegangen. Hinein in diesen fremden Keller.

Zurück im Augenblick

Nun stehe ich hier in diesem stockdunklen Keller und lausche in die Stille. Die Stille wird durch die Schritte unterbrochen, die lauter werden. Sie kommen näher. Ich will im Boden versinken, will um keinen Preis entdeckt werden. Aber es ist zu spät. Eine Tür wird geöffnet, Licht geht an. Die Glühbirne flackert. Vor mir steht ein kleiner Mann mit hellen Augen hinter einer Nickelbrille. Er hat wuschelige Haare, trägt ein lässiges Sakko. Es muss der Großvater von Janis sein. Als er mich sieht, hält sich sein Erschrecken in Grenzen. Vielmehr schenkt er mir ein freundliches Lächeln.

»Sie müssen Else sein. Willkommen. Meine Enkelin hat mir schon von Ihnen erzählt.«

Ich will etwas sagen, kann aber nicht. Kein Wort bringe ich über meine Lippen. Nicht, weil ich in dieser peinlichen Situation ertappt worden bin, sondern weil mir ein wohliges Gefühl durch den Körper fährt. Diese Stimme, das ist die Stimme aus meinem Traum. Ich kenne diesen Klang, ich erkenne ihn sofort wieder. Der Großvater bemerkt mein Zögern, stutzt, geht dann einen Schritt auf mich zu und hält mir die Hand hin.

»Sie wissen, dass ich Geburtstag habe. Sie müssen mir die Freude erweisen und mein Gast sein.«

Seine Augen strahlen mich an, meine Beine drohen wegzuknicken. Ich bringe immer noch kein Wort heraus.

»Sie müssen keine Angst haben.«

Ich habe keine Angst, reiche ihm die Hand, und wir begrüßen uns herzlich.

»Bitte singen Sie für mich.«

»Wie bitte?«

»Können Sie nicht etwas für mich singen?«

»Aber was?«

»Irgendwas.«

»Aber ich kann gar nicht singen.«

»Das glaube ich nicht.«

»O doch, dabei singe ich sehr gern. Aber nur, wenn ich allein bin.«

Wie herrlich der Mann mit dieser Stimme singen kann, weiß ich doch aus meinen Träumen. Fast mitleidig schenke ich ihm ein mildes Lächeln.

»Bitte. Singen Sie!«

»Ich warne Sie.«

Ich lasse nicht locker. Meine Blicke verraten ihm, dass ich nicht nachgeben werde, bis er meinen Wunsch erfüllt hat.

»Eigentlich habe ich Geburtstag, und ich bin derjenige, der drei Wünsche frei hat.«

»Aber morgen ist Weihnachten.«

Er lacht, so schön und tief, dass meine Beine schon wieder ins Wanken geraten. Doch ich halte mich aufrecht. Und dann singt er. Erst zaghaft, dann mit zunehmend kräftiger Stimme, stimmt er eine Melodie an. Er singt, aber es klingt furchtbar! Er trifft nicht einen einzigen Ton. Grauenvoll!

Mein Brief an Sie

Liebe Leserinnen und Leser,
nun sind schon wieder einige Wochen vergangen. Ein neues Jahr hat angefangen, und auch in meinem Leben hat ein neuer Abschnitt begonnen. Ich bin immer noch bei Janis' Großvater. Hier am Meer, in seinem schönen Haus mit den Schindeln drauf. Er ist ein wunderbarer Mann. Ich mag ihn, und ich glaube, dass zwischen ihm und mir mehr entstehen kann. Aber auch wenn wir beide nicht mehr die Jüngsten sind, braucht das noch etwas Zeit. Ich hoffe, der liebe Gott gibt uns diese Zeit noch. Die Liebe ist in mein Leben zurückgekommen. Ich hatte es mir so gewünscht, und jetzt darf ich es tatsächlich noch mal erleben. Ich bin glücklich.

Rudolf ist die neue Mitte meines Lebens. Er heißt übrigens wirklich Rudolf, und ich habe auch keinen anderen Namen für ihn. Daran, wie er mich immer wieder ansieht, merke ich, dass auch sein Leben noch mal durchgerüttelt wurde. Durch mein Erscheinen. Mein Gott, wie schön ist das!

Ich habe es allerdings bis jetzt noch nicht übers Herz gebracht, Rudolf die Wahrheit zu sagen. Die Wahrheit, was sein Talent zum Singen betrifft. Er kann es nicht, und er wird es auch nicht lernen. Nie und nimmer. Seltsamerweise ist er davon überzeugt, dass ich ihm gerne zuhöre. So mache ich eine freundliche Miene zu grausamen Klängen. Irgendwie habe ich mir das ja auch selbst zuzuschreiben. Und sonst gibt es nichts, worüber ich mich beklagen könnte. Rudolf ist ein toller Mann.

Es ist verwunderlich, dass mich mein Lebensweg in wenigen Tagen vom Süden bis in den hohen Norden geführt hat. Wieder ans Meer. Ich fühle mich wieder angekommen.

Mit Mario habe ich in letzter Zeit mehrmals telefoniert. Es geht ihm gut, und er freut sich für mich. Auch wenn wir uns nicht sehen, ist es schön, dass es ihn gibt auf Erden. Er hat, wie angekündigt, unser Häuschen im Süden aufgelöst und wird mir bald meine Möbel bringen. Auch von Hardy habe ich ein Lebenszeichen erhalten. Er ist auf einer Insel im Mittelmeer. Vielleicht wegen des Klimas dort, das seiner Lunge guttut. Ich weiß es nicht. Wir haben nie weiter über seine Erkrankung gesprochen. Aber ich habe von Mario gehört, dass eine neue Behandlung bei ihm gut angeschlagen hat und wahre Heilung verspricht.

Draußen vor dem Haus weht mal wieder ein kalter Wind, aber ich muss hinaus. Denn Kyra wartet, dass ich sie ans Wasser begleite. Janis ist kurzfristig auf Reisen gegangen und hat ihren geliebten Hund vorübergehend bei ihrem Großvater Rudolf und mir gelassen. Und wir beide freuen uns darüber. Jeder Tag ist ein Geschenk, wissen Sie?

Aber jetzt muss ich mit dem Schreiben aufhören, denn Kyra hechelt ganz ungeduldig und kratzt an der Tür. Rudolf streichelt sie beruhigend. Ein herrlicher Spaziergang wartet auf uns drei. Ich wünsche mir noch viele glückliche Jahre. Warum auch nicht? So alt bin ich nun wirklich noch nicht.

Genießen Sie das Leben, seien Sie herzlich gegrüßt,

Ihre Oma Else

Thomas Letocha

studierte Jazzklavier und Komposition sowie Medientechnik. Als Autor und Regisseur realisierte er zahlreiche Fernsehporträts und Dokumentationen und arbeitete als Producer und Realisator von Werbe- und Industriefilmen. Seit über 20 Jahren arbeitet er als Drehbuchautor, immer in Zusammenarbeit mit Andreas Föhr. Über 200 Drehbücher sind für das deutsche Fernsehen verfilmt worden. Seit einigen Jahren ist er auch als Romanautor tätig.

Mehr von Thomas Letocha:

Oma Else kann's nicht lassen. Roman
(auch als E-Book erhältlich)

GOLDMANN
Lesen erleben